환상의
동네서점

환상의 동네서점

초판 1쇄 발행 | 2020년 9월 22일

지은이 배지영
발행인 한명선

편집 김화영 나은심 **마케팅** 배성진 **관리** 이영혜
디자인 모리스

주소 서울시 종로구 평창길 329(우편번호 03003)
문의전화 02-394-1037(편집) 02-394-1047(마케팅)
팩스 02-394-1029
전자우편 saeum98@hanmail.net
블로그 blog.naver.com/saeumpub
페이스북 facebook.com/saeumbooks
인스타그램 instagram.com/saeumbooks

발행처 (주)새움출판사
출판등록 1998년 8월 28일(제10-1633호)

ⓒ 배지영, 2020
ISBN 979-11-90473-38-5 03810

• 잘못된 책은 바꾸어 드립니다.
• 책값은 뒤표지에 있습니다.

이 도서는 한국출판문화산업진흥원의
'2020년 우수출판콘텐츠 제작 지원 사업' 선정작입니다.

환상의
동네서점

배지영 에세이

새움

차례

프롤로그

감탄사는 갈고닦는 게 좋다. "햐!" "우와!"만 잘해도 사람들의 기운을 북돋을 수 있다. 목소리를 한 톤 높이고 눈과 입을 크게 벌리며 감탄하면 표정까지 환해진다. 종이기저귀를 세탁기에 넣고 돌리는 바람에 오줌을 흡수하는 알갱이가 빨래에 촘촘하게 들러붙은 순간에도 대성통곡하지 않고 대처할 수 있다. "오 마이 갓!"

쓰지 않는 감탄사는 기계처럼 녹이 슨다. 사람들은 감탄사에 윤을 내기 위해서 뭉게구름을 보고, 산책을 하고, 꽃 앞에서 사진을 찍고, 카페를 찾아다니고, 맛있는 음식을 먹는다. 끊임없이 수련한 사람만이 "올~~"과 "꺄아!" 같은 만능감탄사를 우아하게 구사하는 경지에 이른다.

2018년 10월 어느 날, 나는 한길문고에 있었다. 서점 한켠에서 영어모임을 하고 나오는 길이었다. 늘 장갑을 끼고 책을 정리하거나 컴퓨터를 들여다보며 일을 하던 한길문고 문지영 대표는 나를 붙잡았다. 후배이자, 동네 사람이자, 단골로 대하는 눈빛이 아니라는 걸 직감했다. 책을 세 권 펴낸 작가로서 나를 대했다.

문체부가 주최하고 한국작가회의가 주관하는 '작가와 함께하는 작은서점 지원사업'. 서점에 상주하는 작가에게는 4대 보험과 월급을, 작은서점 두 곳에는 대관료와 작가 강연비를 지원해주는 프로그램이라고 했다. 나한테 문학 프로그램을 기획하고, 작가와 독자가 만나는 자리를 만드는 한길문고 상주작가 일을 권했다. 새로운 관계를 시작하자는 제안이었다.

"올~~"

재빠르게 만능감탄사가 튀어나왔다. 오야마다 히로코의 소설 『구멍』을 읽으면서 "이제 올해로 서른이잖아. 인생에서 한 번은 정직원이 되고 싶었어."를 메모한 적 있다. 그때도 정규직이 되고 싶다는 열망은 없었다. 나는 그냥 20여 년간 혼자 해온 일이 지겨워서 몸부림을 치고 있었다. 언제 그만둘까 때를 가늠하는 중이었다.

전국 곳곳의 서점들은 '작가와 함께하는 작은서점 지원사업'에 지원했다. 한길문고는 서류 심사를 통과하고 거점서점으로 선정됐다. 나는 지구 역사상 처음 생겼다는, 서점의 상주작가가 됐다. 구체적으로 뭘 하지? 서점에 앉아 있었더니 바로 할 일이 생겼다. 하루에 한 번만 여객선을 운행하니까 군산에 나오면 다음 날 돌아가야 하는 어청도 분교 아이들이 한길문고로 왔다. 도시 외곽의 초등학교 아이들도 서점 구경을 왔다.

한길문고에 오면 재미있다는 느낌을 주고 싶었다. 크리스마스에 '엉덩이로 책 읽기 대회'를 열었더니 아이들과 어른들은 1시간 동안 엉덩이를 안 떼고 책 읽은 사건을 무용담처럼 이야기했다. 200자 백일장 대회, 시 낭송, 마술 공연, 북 캠프, 라면 먹고 갈래요?, 디제이가 있는 서점 등을 열었다. 빠지지 않고 오는 초등학생 독자층도 생겼다.

글을 쓰고 싶다는 욕망을 억누르며 사는 사람들의 숨통을 틔워주기 위해 에세이 쓰기를 열었다. 직장일과 육아 때문에 꾸준히 못하는 사람들도 있었다. 그러나 1년 넘게 모여서 글을 쓴 사람들은 세상으로 자기 이야기를 보냈다. 지금은 오마이뉴스와 글쓰기 플랫폼 '브런치', 블로그, 월간지 등에 글을 쓰고 있다.

'한길문고에 상주작가가 있다'는 소문은 뜨개방에도, 카페에도, 택시기사 사이에도 퍼졌다. 도시 바깥에 사는 사람들도 한길문고 근황을 알았다. 서울시민 권나윤씨는 동네서점 프로그램을 보고 '군산에서 한 달 살기'를 했다. 도쿄에 사는 기쿠치 미유키씨는 군산 한길문고에 와서 상주작가의 책을 샀다. 한길문고에 들르기 위해 군산으로 여행 오는 사람들이 생겼다.

나는 동네서점에 와서 시간을 보내는 10대부터 70대까지의 이야기를 『환상의 동네서점』에 담았다. '읽는 나'와 '쓰는 나'를 발견한 사람들이 성장하는 이야기다. 각자 나고 자란 도시에서 서점을 약속의 장소로 삼았던 사람들은 동네서점인 한길문고가 수십 년간 건재하다는 사실에 놀랐다. 사람들은 제천에서, 포항에서, 서울에서, 여수에서, 시흥에서 한길문고로 전화해서 책을 주문했다.

"이야!"
작가 강연회를 들으러 온 200명 넘는 독자들의 뒷모습을 보던 날에는 문지영 대표와 마주 보고서 탄복했다. 너무 아름답다고, 끝내준다면서 작가가 해주는 말은 안 듣고 둘이서 서가 뒤에 쪼그려 앉아 웃었다. 그래도 감탄사의 고수는 못 됐다. 무슨 날이 아닌데도 서점에 사람들이 북적이면 초등학생인 우리 둘째아이처럼 감탄사를 썼다.

"앗싸!"

작가한테 월급도 주고
4대 보험도 들어준다고요?

　내가 처음으로 쓴 책은 『우리, 독립청춘』이다. 2016년 11월에 출
간되었다. 군산의 동네서점 한길문고는 동네 작가의 탄생을 열렬
하게 축하해주었다. 베스트셀러 판매대에 책을 가득 쌓아놓고 '군
산 청년들의 리얼 다큐멘터리'라는 앙증맞은 홍보용 솟대도 세워
놓았다.
　그 감격적인 순간, 내가 하고 싶었던 말은 만화책 『중쇄를 찍
자』에 나오는 젊은 작가 오오츠카 슛이 먼저 했다. 처음으로 낸
단행본이 서점 판매대에 진열된 것을 본 그는 눈물을 글썽이며
말했다.
　"난 이 광경을 평생 잊지 않을 거야. 정말… 이런 멋진 선물은

세상에 없어!"

작가가 쓴 글이 한 권의 책이 되려면 몇 달이나 몇 년의 시간이 걸린다. 편집자와 디자이너의 손도 거쳐야 한다. 그렇게 공들여서 만들어진 책은 대접받아 마땅하다. 고된 하루 일과를 마친 식구들이 집에 오자마자 손도 씻지 않고 소파에 눕는 것처럼, 서점에 도착한 책은 판매대에 누워야 한다.

독자들도 표지를 드러내고서 판매대에 누워 있는 책에 더 매력을 느낀다. 허리를 곧추 세우고, 얼어붙은 듯 서가에 꽂혀 있는 무명작가의 책에는 눈길을 거의 주지 않는다. 무심하게 그냥 지나쳐버린다. 오로지 한정된 책만이 베스트셀러라는 이름을 얻고 판매대에 누울 수 있다.

내가 두 번째로 쓴 책 『소년의 레시피』는 2017년 6월에 출간되었다. 한길문고에는 도착하자마자 베스트셀러 판매대에 탑처럼 쌓였다. 근사했다. 내 입안은 마르고 코끝은 시큰해졌다.

2018년 봄, 세 번째 책 『서울을 떠나는 삶을 권하다』를 출간했다. 군산 사람들에게는 도저히 어필할 수 없는 주제였다. 그런데도 그해 5월에는 한길문고에서 많이 팔린 책 11위, 6월에는 한길문고에서 가장 많이 팔린 책 1위를 했다. 유시민의 『역사의 역사』가 20위인데 말이다.

한길문고와 군산의 독자들은 한낱 동네 작가에게 왜 이렇게 잘 해주는 걸까. 시간을 돌려서 1987년으로 가야 한다. 그때 한길문고의 이름은 녹두서점. 중고등학생들은, 시위에 나온 대학생들은, 젊은 직장인들은 새로 생긴 서점을 약속 장소로 잡았다. 태생부터 사랑받는 서점이었다.

녹두서점에서 한길문고로 이름을 바꾼 서점은 2003년 나운동으로 옮겼다. 아파트 단지를 낀 주거지역에 자리 잡은 300평 규모의 서점은 새로운 일을 도모했다. 작가 강연회! 시민들은 책에서만 봤던 작가들을 동네서점에서 직접 만나게 됐다. 장소가 없어서 못 했던 여러 가지 취미활동도 한길문고에 와서 했다.

"한길문고는 상점인가, 상점 이상의 그 무엇인가?"

주차해놓은 자동차가 둥둥 떠다닐 만큼 폭우가 쏟아졌던 2012년 8월 13일 이후, 군산시민들이 제각각 던진 질문이었다. 10만 권의 책과 함께 완전히 물에 잠겨버린 한길문고를, 내 친구나 내 이웃에게 닥친 일처럼 여겼다. 자기가 사는 아파트도 수도가 끊기고 전기가 안 들어오는데, 한길문고로 달려간 사람들도 있었다.

하루에 100여 명 넘는 자원봉사자들이, 한 달 넘게 한길문고에 와서 힘을 보탰다. 시간이 없어서 못 오는 사람들은 일하면서 먹으라고 음식을 보내주기도 했다. 온갖 오폐물이 뒤엉킨 서점을 말끔히 치워준 시민들 덕분에 한길문고는 다시 문을 열었다. 더 많은 공간을 시민들이 자유롭게 쓸 수 있게 내주었다.

"지영! 문체부가 주최하고, 한국작가회의에서 주관하는 '작가와 함께하는 작은서점 지원사업'이 있거든. 우리 함께 해볼까?"

한길문고 한켠에서 영어모임을 마치고 나오는 내게 문지영 대표 (학교 선배라서 오래전부터 아는 사이)가 말했다.

"그게 뭔데요?"

"한길문고에서 상주하는 작가가 되는 거야. 월급도 나와. 4대 보험도 되고."

"올~~ (웃음) 지금까지 4대 보험 되는 직장 한 번도 안 다녀봤잖아요."

대학을 졸업하고, 학생들에게 줄곧 글쓰기 가르치는 일을 해왔다. 나는 밥벌이를 하는 중에도 으하하하 웃고는 했다. 돈 버는 일인데도 지겹지 않았다. 아이 둘을 낳아서 키우고, 책을 사서 읽고, 적금을 붓고, 때로는 먼 여행을 가는 것도, 일 덕분이라고 여겼다.

마흔 살을 넘기고 나서부터였을 거다. 내 밥벌이에 여러 개의 실금이 간 게 또렷하게 보였다. 자신의 의지와 상관없이 글쓰기를 하러 온 학생들. 반짝반짝 빛나야 할 눈빛은 시들어 있었다. 수업시간에 1분이라도 틈이 생기면 다들 책상에 엎드렸다. 영어학원 숙제, 수학학원 숙제 걱정을 했다.

내 어깨는 처졌다. 일하는 게 점점 힘들게 느껴져서 주 3일 근무만 했다. 대신, 10년 넘게 혼자 써왔던 글쓰기에 정성을 쏟기 시작했다. 자꾸자꾸 쓸 거리가 생겨나서 여행기나 사는 이야기에서 벗어났다. 군산이라는 작은 도시에서 자기 삶을 충실하게 꾸려나가는 사람들의 이야기를 썼다. 어느새 책 세 권을 쓴 저자가 되어 있었다.

그래서 결정했다. 뭔가를 이루지 못하더라도, 내 글을 쓰면서 2, 3년을 보내보자고. 나중 일은 그때 가서 생각하면 되겠지 싶었다. 바로 그때에 동네서점 상주작가라는 일이 다가왔다. 손을 뻗어서 이 매력적인 일을 붙잡았다.

한길문고는 문학거점서점으로 선정되었다. 작가 강연회를 한 번도 해본 적 없는 예스트서점, 우리문고는 작은서점이 됐다. 상주작가인 나는 서점 세 곳과 힘을 합쳐서 다양한 문학 프로그램을 시민들과 학생들에게 제공하면 된다. 문학 코디네이터인 셈이다. 나는 우선 서점에 찾아오는 독자들을 만나기로 했다.

"작가가 군산에 산다는 게 너무 신기했어요. 작가는 서울 같은 데만 사는 줄 알았죠."

며칠 전에 군산고등학교로 강연하러 가서 들은 말이다. 글 쓰는 작가를 군산에서 만나는 건 드문 일이니까. 그래서 더 긍정적인 생각이 앞섰다. 이 프로그램은 작은서점 두 곳에 각각 14회의 작가 강연을 지원한다. '우리 동네서점에 작가가 떴다! 문학작가와 작은서점을 지원하는 새로운 프로젝트!'는 군산시민의 독서 자기장을 더 세게 만들 수도 있겠다.

10월 17일 수요일, 나는 한길문고 문지영 대표, 김우섭 점장과 같이 '작가와 함께하는 작은서점 지원사업' 연수에 참여했다. 거점서점 대표들, 작은서점 대표들, 열다섯 명의 상주작가들이 전국에서 왔다. 한국작가회의 사무총장 한창훈 소설가는 인사말 겸 짧은 당부를 했다.

"지구역사상 처음 있는 사업, 어디로 갈지 누가 알겠습니까? 어떤 것이든 해도 됩니다. 창의적이고 매력적인 사업을 하세요."

본격적인 프로그램은 11월부터 한다. 그렇지만 나는 '출근 연습'을 하고 있다. 한길문고에서 글을 쓰다가 온다. 어제는 어청도 분교에서 2시간 40분 동안 배를 타고 온 학생 일곱 명을 만났다. 뷔페에 갔다가 서점으로 온 아이들은 무척 기분 좋아 보였다. 나는 아이들에게 글 속에 사는 '좋은 놈'과 '나쁜 놈'을 알려주고 함께 글을 써봤다.

어청도 분교 아이들이 태어나서 처음으로 작가를 만난 곳은 군산 한길문고다. 지금 한길문고에는 상주작가가 있다.

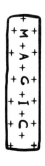

첫 강연회,
신청자는 단 한 명

군산 우리문고가 있는 거리는 '군산의 명동'이라고 불리던 영동과 마주 보고 있다. 일제강점기 때 조성된 상점 거리 맞은편이다. 우리문고에서 오른쪽으로 끼고 돌면, 극장 골목이 나왔다. 군것질거리를 파는 노점상들은 늦도록 자리를 지키고 있다가 떨이 장사를 했다. 거리를 오가는 사람들의 발소리는 좀처럼 잦아들지 않았다.

군산 임피에서 태어난 채만식 작가가 1937년 가을부터 신문에 연재한 장편소설 『탁류』. 주인공 초봉이를 비롯한 수많은 등장인물들은 우리문고가 있는 이 거리를 지나다녔다.

세월은 흐르고, 수탈당한 고통의 흔적도 우리 역사라고 재평가 받는 시대가 왔다. 개발이 비껴간 군산은 근대문화 도시라는 상징을 얻었다. 도시는 소설 속에 나오는 사람들의 일상을 길어 올렸다. 그들 삶의 터전이었던 길을 '탁류길'이라고 이름 붙였다.

탁류길은 근대역사박물관에서 시작한다. 초행자들은 착실하게 경로를 따른다. 신흥동 일본식 가옥과 일본식 절집 동국사를 보고는 큰길을 건넌다. 산동네와 산동네를 잇느라 공중에 떠 있는 다리 위에서 정주사집 문학비를 만난다(정주사는 초봉이 아버지다).

다리를 건너가면 쌈지공원과 해돋이공원이 나온다. 산 말랭이의 골목과 집들이 사라진 자리에 만든 공원이다. 여행자들은 군산 시내의 전경이 보이는 정자에 서서 『탁류』의 한 구절을 떠올리기도 할 것이다.

"둔뱀이는 개복동보다도 더하게 언덕비탈로 제비집 같은 오막살이집들이 달라붙었고, 올라가는 좁다란 골목길은 코를 다치게 경사가 급하다."

초봉이가 오르내린 콩나물 고개에서 천천히 내려온 여행자들은 영화 『타짜』를 찍은 중국음식점 빈해원으로 향한다. 그 길에 우리문고가 있다. 어떤 여행자는 서점 안으로 성큼 들어와서 책을 구경한다. 일요일이라서 혼자 근무하는 우리문고 이은재 대표는 다른 고장 사람이 몰고 온 외지의 냄새를 기분 좋게 받아들인다.

"여행자들이 군산에 오니까 영향을 받긴 하죠. 서점에 들어와서 구경이라도 하고 가시잖아요. 어제도 어떤 분이 오셔가지고, 우리 문고에 꼭 들러야 한다는 블로그 글을 읽고 왔대요. 여기가 탁류 길 지나는 길이거든요."

이은재 대표는 원래 책을 좋아하는 사람이었다. 서점은 정확히 10년 전에 열었다. 책을 판매한 가격만큼만 총판에 올려 보내면 된다고 해서 시작한 일이었다. 땅 짚고 헤엄치기처럼, 관리만 잘하면 된다는 지인의 말을 곧이곧대로 들었다. 그래서 낭만적인 생각도 했다. 가을이 오면, 바바리코트를 입고 서점에서 일할 줄로 알았다.

쉴 틈이 없는 게 서점 일이었다. 날마다 신간이 나오고, 서가에 꽂힌 구간을 빼서 반품해야 했다. 제때에 그 일을 하지 않으면 문제가 복잡해졌다. 늘 무거운 책을 끌고 나르니까 팔다리가 저리고 몸이 쑤셨다. 쉬는 날은 1년에 두 번, 추석과 설날뿐이었다.

"새 책 입고하고, 손님들한테 원하는 책을 찾아드리는 게 정말 좋아요. 단골 분들이 계세요. 한 달에 한 번, A4 용지에 책 제목을 열댓 권씩 써서 팩스로 보내와요. 그거 구해서 연락드리면 찾아가시고요. 그런 일만 했으면 좋겠어요. 우리문고는 참고서보다 일반 단행본이 더 많이 팔리는데 갈수록 매출이 떨어지는 게 힘들죠."

삶의 한복판에서 시대의 변화를 알아채는 것은 어렵다. 장강의 뒤 물결이 앞 물결을 밀어내듯이 상권은 새로 생긴 주거지구로 가 버렸다. '구시가'라 불리는 거리에 위치한 우리문고의 경영은 군산 에서 현대중공업이나 GM대우가 철수하기 전부터 어려웠다. 극장 들은 문을 닫았고, 그렇게 손님들이 많이 찾던 영동 상가에도 빈 점포가 늘었다.

문체부와 한국작가회의가 힘을 보태주는 '작가와 함께하는 작 은서점 지원사업'은 우리문고에 내려온 튼튼한 동아줄이었다. 이 은재 대표는 서점을 시작할 때부터 생각했던 작가 초청 강연회를 할 수 있게 됐다. 돈이 많이 들 것 같고, 어떻게 첫 발을 디뎌야 할 지 몰라서 엄두도 못 냈던 일을 말이다.

"서점에 사람들이 막 북적였으면 좋겠어요."

이은재 대표의 바람은 한 가지였다. 그는 한 달에 2회, 7개월간 14회의 작가 강연회를 한다는 현수막을 서점 앞에 내걸었다. 책을 사러 온 손님들은 초청 작가 목록을 읽고는 "여기 서점에서 한다 고요?"라고 물었다. "그날 올게요"라고 신청한 사람은 없었지만.

나는 '10년 만에 여는 우리문고 작가 강연회'를 SNS와 군산에서 활동하는 여러 독서모임에 알렸다. 열 명만 와도 좋겠다는 생각을 했다. 마침맞게도 딱 원하던 강연이라고 오겠다는 청소년들이 있었다. 그런데 맙소사! 강연회 이틀 전에 다른 일정이 생겨서 올 수 없게 됐다고 했다.

신청한 사람은 단 한 명뿐이었다. "제발요~"라고 간절히 바라면, 온 우주가 도와줄 만큼의 마력이 생길 수도 있을까. 솔직히 나는 믿지 않았다. 첫 강연을 해줄 김기은 작가에게 실토했다. 사람들이 별로 안 올 것 같다고. 그래도 좋은 강연을 해달라고.

11월 10일 토요일, 우리문고의 첫 작가 강연회에 첫 번째로 온 사람은 이은미씨였다. 학생들에게 독서와 글쓰기를 가르치면서, 계속 읽고 쓰는 사람이었다. 전날 한길문고에서 연 '나도 시작할 수 있는 글쓰기'에도 온 사람이었다. 나는 서점에서 두 번째로 만나는 사이일 뿐인 이은미씨를 오랜 벗처럼 끌어안았다.

우리문고는 작가 강연회를 할 공간이 따로 없다. 누워 있는 책을 치운 판매대가 책상이었다. 독자들은 그 매대를 사이에 두고 앉으면 된다. 의자는 여섯 개였다. 오후 3시, 빈자리가 있지만 시작해야 했다.

강연회에 온 사람들에게 글쓰기 강연을 해줄 김기은 작가를 소개했다. 전북일보 신춘문예로 등단했고, 2002년에는 MBC 창작동

화대상을 받았다고. 군산에서 태어나 자랐고, 군산에서 살면서 글을 쓰고 있는 작가라고.

김기은 작가는 작은 목소리로도 사람들을 사로잡았다. 나는 몰입하지 못하고 '빈 의자가 다 찰 것인가'를 고민했다. 번뇌의 시간은 오래가지 않았다. 글을 쓰고 싶다는 욕망을 혼자서도 가꿔온 사람들이 하나둘 오기 시작했다. 이은재 대표는 자리가 없어서 앉지 못한 사람들에게 의자를 가져다주었다.

울컥했다. 심훈의 『상록수』가 생각날 정도였다. 교실 안으로 들어갈 수 없는 아이들이 창틀에서, 나무 위에서 채영신 선생의 수업을 듣던 날처럼, 우리문고 강연회에 조금 늦게 온 사람들은 매대 끝에 앉아서 이야기를 들었다. 강연하는 작가의 얼굴이 책에 가려져 보이지 않는데도 고개를 끄덕이고 뭔가를 써내려갔다.

활력 넘치는 강의라 할지라도 작가가 질문을 하면 침묵에 빠진다. 우리문고에서는 달랐다. 사람들은, 초등학교 2학년 때 꿈을 작가로 정하고 계속 글 쓰는 일을 해온 김기은 작가에게 물었다. "스쳐 지나가는 물건 하나에서도 상징성을 찾고 글을 완성해보라"는 작가의 대답을 들은 사람들은 또 물었다.

"좀 급했었는데 시작하니까 적응이 되는 것 같았어요. 다음에는 더 잘할 것 같습니다. 감사합니다."

그날 밤 10시 6분, 우리문고 이은재 대표는 카톡을 보내왔다. 세 문장으로 된 짧은 글에서 '다음에는'이라는 말이 참 좋았다. 그 문자를 입력하는 순간에 "언제까지 버틸지 모르겠어요"라는 말은 절대로 끼어들 수 없었을 것이다.

우리문고 이은재 대표가 머릿속으로 그리기만 했던 작가 강연회는 10년 만에 이루어졌다. 동네서점에 사람들이 북적였으면 좋겠다는 그의 또 다른 생각도 실현되는 날이 올까. 가능성을 닫지는 말자. 상상은 그대로 현실이 되기도 하니까.

* 우리문고는 2020년 4월에 문을 닫았습니다.

자기만의 색깔을
찾아가는 서점

어떤 기억은 오래전에 주고받던 말까지 소환하는 모양이었다. 군산 예스트서점의 이상모 대표는 그랬다. 내가 서점의 테이블에 스마트폰을 올려놓고 녹음 버튼을 누르자 그는 "안녕하세요"라거나 "아, 떨리네요"라고 하지 않았다. 일상에서 쓰기에는 좀 튀는 단어를 썼다.

"(웃음) 취조받는 것 같아요."

이상모 대표는 1986년에 대학 1학년이었다. 학생들이 강의실보다는 광장이나 거리에서 시간을 보내던 군부독재 시절이었다. 세계문학을 읽고, 시를 쓰고, 국문과에 가고 싶었던 그는 부모님이

반대하니까 원광대학교 경영학과에 입학했다. 학생운동을 했고, 집에 갈 수 없는 수배생활도 몇 년간 했다.

늦깎이로 입대하고 복무하고 제대하고 나니까 서른 살 언저리였다. 삶을 꾸려가기 위해서는 취직하는 게 절실했다. 대학 졸업장과 학생운동이 이력의 전부인 그를 고용하겠다는 곳은 없었다. 그는 '통하라 서적'을 운영하는 친형 아래서 서점 일을 배웠다.

"2006년 11월에 제 서점을 차렸죠. 전망을 갖고 시작할 수 있는 일은 아니었어요. 어떻게 보면, 가정이 있으니까 생활을 위해서 서점을 한 거죠. 그래도 군산 시내에 서점이 열 곳 넘게 있던 때였어요. 당시에 우리 서점은 반짝반짝 빛나는 곳이기도 했고요. 수송동, 미장동이 개발되기 전이었으니까요."

예스트서점이 위치한 곳은 군산시 나운2동, 아파트 단지 13곳을 끼고 있다. 서점이 궤도에 오르는 데 2년쯤 걸렸다. 단행본보다는 참고서가 더 많이 팔렸다. 30평이었던 서점은 옆 가게를 터서 실평수 45평으로 확장했다. 문구점까지 겸하니까 하교 시간마다 초등학생 손님들이 찾아왔다. 왁자지껄한 소리 덕분에 서점에는 생기가 돌았다.

살다 보면, '불행은 홀로 오지 않는다'는 말의 실체를 깨닫는 순간이 온다. 하필 이상모 대표가 '내 서점만의 특색을 입히자'고 마음먹은 때였다. 걸어서 15분 거리에 대형마트가 들어섰다. 마트 안에는 서점도 있었다. 블랙홀처럼 사람들을 빨아들이는 거대 상권은 동네 상점들을 무너뜨렸다. 2018년에 또 대형 쇼핑몰이 생겼고, 그 안에 프랜차이즈 대형서점이 입점했다.

"무섭더라고요. 상권의 흐름이 바뀌는 게 보였어요. 쇼핑몰은 사람들을 불러 모으는 구조잖아요. 원스톱 쇼핑을 하다 보면 거기 서점으로 가는 사람들도 많겠죠. 동네서점은 저 혼자 힘으로 사람들을 끌어들여야 하는데, 서점 매출이 확 가라앉았어요."

2000년생들은 '밀레니엄 베이비'다. 1999년생보다 20,000여 명 많은 634,501명이 태어났다. 군산에서도 1999년에는 3,729명, 2000년에는 3,775명의 아기가 태어났다. 그러나 2000년생들이 대학 수능시험을 보는 2018년 예스트서점의 문제집 매출은 전년보다 20% 정도 줄었다. 현대중공업과 GM대우가 떠난 군산 경제의 영향은 아이들의 학업에도 영향을 미친 것 같았다.

서점의 앞날을 내다봐야 한숨만 나올 뿐이었다. 이상모 대표는 월세를 내는 날이 다가올 때마다 '괜히 서점을 넓혔나' 후회했다. 서점 밥을 먹고 산 지 20년, '내 서점만의 색깔을 입히자'는 뜻은 끝내 물거품이 되고 말 것인가. 서점에 책을 다양하게 갖춰놓지 못한 것, 사람들한테 책 읽을 공간을 주지 못한 게 가장 아쉬웠다.

자영업자의 거의 모든 판단 기준은 매출이다. 인생을 낙관하는 힘도 거기에서 온다. 하지만 이상모 대표는 매출이 아닌 '작가와 함께하는 작은서점 지원사업'에서 열정을 되찾았다. 그의 서점에서 작가 강연회를 14회나 할 수 있는 기회가 주어진 거다.

"서점 하는 동안은 최선을 다하자는 생각이 다시 들더라고요. 누구나 와서 책 읽고 모임을 할 수 있는 테이블부터 만들었습니다. 오신 분들이 불편할 것 같아서 다음 날 밤에 다시 매대를 밀어내고 더 넓게 자리를 만들었어요. 차도 한 잔씩 드시게 하고 싶고, 독서모임도 해보고 싶고요. 진짜로 우리 서점만의 색깔을 입히고 싶습니다."

그는 SNS와 지인들에게 홍보를 했다. 작은서점에서 하는 첫 번째 작가 강연회에 오겠다고 신청한 사람은 어른 다섯 명, 학생 두 명이었다.

11월 17일 토요일 오전 10시 20분. 미리 와서 강연회를 기다리는 청소년들은 전주에서 왔다고 했다. 군산까지는 차로 1시간, 그 전에 외출 준비하려면 또 30분. 실컷 꿀잠을 잘 시간에 온 10대 아이들은 "좋은 강의라고 해서 왔어요"라고 말했다.

신청한 사람들은 얼추 다 온 것 같긴 했다. 그래도 나는 서점 문을 여는 소리가 들릴 때마다 강연 들으러 온 사람일까 봐 뒤돌아봤다. 테이블 뒤로 비켜 선 이상모 대표는 꼭 오기로 한 누군가를 기다리는 것 같았다. 다섯 명만 와도 좋겠다는 그의 말은 진심이 아니었나 보다. 나처럼 빈자리가 꽉 차기를 바랐나 보다.

예스트서점에서 연속 4회 글쓰기 강의를 할 이준호 작가는 군산에서 살고 있다. 프로필에 '가족과 함께 영화를 보거나 책을 읽을 때, 산책할 때가 가장 행복하다'고 쓴 작가는 영화를 이용해서 강의를 시작했다. 사람들은 빔 프로젝트의 영상에 집중했다.

나는 강연 하루 전에 이준호 작가가 쓴 『할아버지의 뒤주』를 샀다. 읽기 전에 뒤표지 쪽부터 봤다. 2007년에 출간하고 2018년 1월에 14쇄를 찍은 책. 부러웠다. 10년 넘게 '책의 빛이 꺼지지 않고 독자에게 닿은' 건 역사 판타지라는 작가만의 색깔이 있어서일 것이다.

빛을 받는 물체만이 색깔을 가진다. 서점의 빛은 독자들의 발걸음이 만들어준다. 독자들의 다정한 입소문도 서점의 빛이 되어준다. '작가와 함께하는 작은서점 지원사업'이 긴긴 겨울을 나고 봄을 맞을 무렵에는 예스트서점에도 자기만의 색깔이 드러났으면 좋겠다.

쉬는 날에 갑자기
출근하는 이유

"밖에 눈 왔어."

열 살 먹은 우리 둘째아이를 아침에 깨우는 방법 중 하나다. 한 여름에도, 한겨울에도 아이는 일어난다. 비칠비칠 걸어서 거실로 나간다. 아무것도 내리지 않은 바깥을 확인하고는 소파로 가서 모로 눕는다. 그러고는 나를 보며 짜증을 낸다.

"거짓말! 엄마는 이러는 게 재밌어?"

말귀를 알아듣기 시작한 뒤로 속아온 아이. 엄마가 제 형에게 장풍을 쏘아서 침대로 날려버리는 장면을 목격하고도 부정했다. "거짓말!" 보고도 믿지 못하는 아이에게 진실을 전달하는 건 어려운 일이 되고 말았다. 나는 오른손을 뻗어서 아이 어깨에 두르고, 왼손으로는 아이의 왼손을 잡았다. 내가 생각한 진중한 자세였다.

"엄마는 이제 한길문고에 취직했어. 너 학교 갔다 오면 집에 아무도 없을 거야."

"거짓말! 내가 엄마한테 또 속을 줄 알아?"

믿을 수 없겠지. 우리 아이가 평생을 봐온 엄마는 방문을 닫고서 집에서 일하는 사람이었다. 어딘가로 출근해서 일하는 엄마들은 따로 있다고 생각했다. 그 점은 나도 동감! 이번 생애에 내가 근로계약서를 쓰고 출근하게 될 줄은 몰랐다.

'작가와 함께하는 작은서점 지원사업'의 서점 상주작가는 주 5일 근무를 한다. 시간과 요일은 선택사항. 남들 일할 때 쉬는 쾌락을 포기할 수 없는 나는 평일 중 하루를 휴일로 삼기로 했다. 어차피 내가 진행하는 예스트서점과 우리문고 작가 강연회는 토요일에 몰려 있으니까 수요일과 일요일에 쉬겠다는 근로계약서를 썼다.

한길문고는 우리 집에서 걸어서 8분 거리다. 돈 맥클린이 부른 〈빈센트〉를 두 번 듣거나 퀸의 노래 〈보헤미안 랩소디〉를 한 번 듣고 다시 절반쯤 들으면 서점에 도착한다. 한길문고는 2층, 가끔은 바깥 계단에 서서 노래를 한 곡 더 듣고 안으로 들어간다.

그러나 비 온다고, 바람 분다고, 밖에는 한 발짝도 못 나갔던 삶의 자세는 출근한다고 확 바뀌지 않았다. 쨍한 10월 뒤에 맞은 11월은 말도 안 되게 우중충했다. 출근한 지 일주일도 안 돼서 위기가 찾아오고 말았다. 움직이기가 싫었다. 나보다는 출근 스펙을 잘 쌓아온 남편에게 하소연했다.

"여보, 어떻게 사람들은 이런 날씨에도 출근하지?"

"그냥 일어나면 직장에 가는 거야. 날씨 따지면서 다니는 사람이 어딨어?"

11월의 어느 수요일. 그날도 하늘은 거무죽죽하게 가라앉았다. 당연하게도 비가 내렸다. 나는 집 안에서 한 발짝도 움직이지 않고 시간을 보내고 있었다. 그런데 오후 4시 10분, 스마트폰 진동이 울렸다. 한길문고 문지영 대표가 "회현중 2학년 학생들이 상주작가를 찾아왔어. 배지영 작가 책 『소년의 레시피』 읽고 왔대"라고 말했다.

"나 쉬는 날이잖아요."

나는 공과 사를 정확하게 구분할 줄 아는 사람처럼 말했다. 그러나 이미 스마트폰의 스피커폰을 켰다. 스타킹을 찾아 신으면서 전화 통화를 이어갔다. 서점 직원에게 학생들 중 한 명을 바꿔 달랬더니 "내가 받을래!"라는 누군가의 소리가 크게 들렸다. 나는 코트를 입으면서 물었다.

"학생들은 언제까지 시간 나세요?"

"(웃음) 작가님 오실 때까지요. 우리 시간 많아요."

그 말을 듣고는 도저히 굼뜨게 행동할 수가 없었다. 가슴이 말 랑말랑해진 나는 서점으로 달려갔다. 숨이 차서 입은 벌어지고, 그 안으로 바람이 들어와서 목구멍이 찢어질 듯 아팠지만 신기록 달성! 평소보다 1분 30초를 단축한 6분 30초 만에 도착했다.

유쾌한 웃음소리와 보들보들한 표정을 가진 학생들은 "작가님 자리는 상석이에요"라면서 미리 만들어놓은 자리에 나를 안내했 다. 그러나 맨 뒤에 앉은 학생들하고 눈맞춤이 안 되니까 나중에 는 가운데 자리로 옮겨 왔다. 학생들 사이에 껴서 앉았다.

"〈무한도전〉 끝났는데 이제 무슨 프로그램 보세요?"

"『소년의 레시피』 주인공은 지금 뭐 하고 있어요?"

"아들이 해준 음식 중에서 어떤 게 제일 맛있었어요?"

학생들은 책 바깥의 얘기를 물어봤다. 독자들은 소중하니까 나 는 성실하게 대답했다. 뭐 먹을 때마다 "형형이 한 건 맛없어"라고 말하는 둘째아이를 궁금해하길래 사진을 보여줬다. "꺄아!" 학생 들은 환호성을 질렀다. 도대체 누가 '중2 무서워서 북한군이 못 쳐 들어온다'는 유언비어를 퍼뜨렸나. 회현중 2학년 학생들은 참말이 지 예뻤다.

생애 처음 저자가 사인한 책을 갖게 된 학생들과 같이 사진 찍고. 전화번호를 '땄다'. 학원을 '쨰고' 온 학생들은 저녁밥 먹으러 뷔페 가기 전에 먼저 서점으로 왔다고 했다. "작가님 휴일인 줄 몰랐어요. 쉬는 날에 불러서 죄송해요"라고 깍듯하게 인사하고는 갔다.

그로부터 1시간 뒤. 학생들은 먹기 대회를 열었다면서 사진을 보내왔다. 한 사람당 여섯 접시를 먹었다는 자랑스러운 소식이었다. 아! 서점에는 상주작가가 있고, 책을 읽고 나서는 식욕이라는 게 폭발하는 학생들이 있는 이 도시는 근사하구나.

휴일의 경계를 허물고 나니 수요일에 가끔 출근하는 것도 괜찮았다. 날씨 따위는 따지지 않았다. 12월의 어느 수요일 아침에도 한길문고로 갔다. 전날 서점으로 걸려온 한 통의 전화 덕분이었다. "배지영 작가 책을 사면 사인해서 보내줄 수 있느냐"는 질문을 받은 서점 직원은 나를 바꿔주었다.
"안녕하세요, 한길문고로 오시면 돼요."
"여기는 충북 제천입니다."

내가 출간한 책 아홉 권을 주문한 이병일씨. "배지영 작가가 쓴, 군산의 청년들 이야기를 읽고는 뭉클했어요"라고 했다. 덩달아서 나도 울컥했다. 작은 도시에 사는 무명의 작가를 인터넷으로 검색한 이병일씨. 한길문고를 알아낸 그 정성이 고마웠다.

책을 택배로 보내기 위해서 이병일씨의 전화번호를 저장했다. 그는 그날 오후에 강둑에서 마주친 고라니 사진을 내게 카톡으로 보내줬다. 가만히 고라니와 마주 보면서 서로 얼굴 익히기를 했다는 그 장면이 그려졌다.

"배 작가님과 통화해서 기억에 담아두는 날입니다."

이병일씨가 내게 해준 말은 한없이 다정하게 다가왔다. 그래서 쉬는 날에 출근했다. 책에 사인할 글을 먼저 노트북에 써봤다. 200자도 안 되는 글을 몇 번이나 고쳐 쓰고 나서야 완성했다. 불 꺼진 방 안에서도 반듯하게 글씨를 쓴 한석봉처럼 한 글자 한 글자 공들여서 책의 앞면에 썼다.

이병일 선생님이 군산 한길문고로 전화 걸어주신 어제는 저한테도 '기억에 담아두는 날'입니다. 군산에서 살아가는 청년들의 이야기를 기억해준 것도 고맙습니다. 선생님이 사는 곳은 여기서 약 250km. 저보다 먼저 선생님을 만나 뵙는 제 책들의 뒤를 따라서 언젠가는 가보고 싶습니다. 고맙습니다.

엉덩이로
책 읽기 대회

'엉덩이로 책 읽기 대회'는 남편이 아이디어를 준 기획이다. 의자에 엉덩이를 붙이고 앉아서 오랫동안 책 읽는 어린이를 뽑는 대회. 재미있을 것 같았다. 독서하는 아이들로 꽉 찬 서점을 머릿속으로 그려보니까 너무 근사했다. 얼마나 오래 읽을 것인지, 상품을 무엇으로 줄 것인지만 고민하고 있었다.

"아이들이 읽을 책은 한길문고에서 준비해주나요?"
어떤 독자가 던진 질문에 정신이 번쩍 들었다. 도서관처럼, 서점도 책 읽을 수 있는 테이블을 곳곳에 마련해두고 있다. 그러나 서점은 책을 파는 곳이다. 책이 훼손되어서는 안 된다. 상주작가가 벌인 일로 한길문고에 손해를 입혀서는 안 된다. 엉덩이로 책 읽기 대회는 없던 일로 했다.

해보지도 않고 접어버린 일 속에서는 미련이라는 싹이 튼다. 어디 안 보이는 데에 파묻어버려도 뚫고 나온다. 스스로 틔운 싹에게는 물이라도 주어야 한다. 그러라고 옛이야기에서는 귀인이 나타난다. 물론 나한테도 홀연히 다가온 사람이 있었다.

"걱정 말고 해. 책은 각자 준비하되 우승자에게는 도서·문구상품권을 주면 되잖아. 내가 협찬할게."

한길문고 문지영 대표였다. 긴 턱수염은 아예 없고, 날개옷도 안 입은 귀인에게 나는 말했다.

"그럼 기분 나게 크리스마스에 할까요?"

"딱이네. 진짜 재밌겠다야."

햐! 막힌 가슴이 뻥 뚫렸다. 책 읽는 시간은 1시간으로 정하면 되겠다. 최후의 승자를 가리지 않고 모든 초등학생이 이길 수 있는 대회를 만들자. '5초 이하는 엉덩이를 떼도 눈감아줘야지'라는 원칙을 세웠다. 어차피 심사위원은 나 혼자니까.

행사 포스터에 '개인이 읽을 책은 준비해 오세요'라는 문장을 넣었다. 한길문고 페이스북과 인스타그램에 올렸더니 서너 시간

만에 선착순 스무 명이 꽉 찼다. 사정이 생겨서 못 오는 어린이들이 생기니까 예비번호 5번까지 받았다. 초등학교 1학년인 문지영 대표의 딸 초원이는 엉덩이 안 움직이고 앉아 있는 연습을 틈날 때마다 하고 있단다.

"엄마, 엉덩이 안 떼고 1시간 동안은 책 못 읽어. 나한테는 5분도 길다고!"

우리 둘째아이는 출전 포기 선언을 했다. 대회 열리기 2시간 전이었다. 아이의 말대로라면, 엉덩이로 책 읽기 대회는 무모한 도전일 수도 있겠다. 그렇다고 '우리 집 같은 일이 다른 집에서도 벌어지면 어쩌지?'라는 고민은 안 했다. 안 망할 거라는 생각이 앞섰다. 재밌을 거니까.

대회 열리는 시간은 오후 2시. 어린이들은 1시 45분부터 테이블에 자리 잡고 앉아서 책을 읽었다. 같이 온 젊은 엄마들이 "지금부터 읽으면 눈 아퍼. 쉬고 있어"라면서 독서에 흠뻑 빠져 있는 아이들을 말렸다. 보기 드문 광경이었다.

어린이나 어른이나 뭔가 좀 하려고 하면 꼭 오줌이 마렵고 목이탄다. 그래서 철저하게 기다려줘야 한다. 나는 어린이들에게 "화장실에 다녀오세요", "물 많이 마시면 화장실 가고 싶어지니까 목만

축이세요"라고 말하고는 시간을 확인했다. 침묵을 견디지 못하는
아이들은 물었다.

"엉덩이는 절대 안 떼어야 해요?"
"네. 하지만 5초까지는 봐줄 거예요."
"무조건 탈락이에요? 몇 번까지 기회를 줄 거예요?"
"안 줄 거예요."

2시 11분. 마침내 엉덩이로 책 읽기 대회를 열었다. 타이머는 재
깍재깍 돌아갔다. 순식간에 고요해진 대회 장소(한길문고 카페)에
는 어떤 힘이 감돌았다. 서점에 온 사람들은 아이들을 보고는 숨
소리와 발소리의 볼륨부터 줄였다. "우리 아이 지금 참가시켜도 되
나요?" 소곤거리며 묻는 어른들도 있었다.

2시 24분. 테이블에 엎드려서 팔을 쭉 뻗은 어린이 두 명의 엉덩
이는 10센티미터쯤 떴다. 5초 이상 그 자세로 있었다. '엄격한 심사
위원을 할 것인가? 선물을 주는 심사위원을 할 것인가?' 나는 후
자 쪽으로 기울어졌다. 크리스마스니까 괜찮겠지, 뭐.

2시 31분. 한 어린이가 고개를 뒤로 돌려서 말을 했다. 나 들으
라는 소리였다. "지금 몇 분 남았어요? 알려주세요. 제발요." 그 질

문이 나온 건 내 잘못이다. 엉덩이의 자세에만 신경을 썼다. 입은 다물고 있어야 하나, 이야기를 해도 되나를 안 정해 놓은 거다. 그래서 "30분 지났어요"라고 말해주었다.

저학년 아이들은 확실히 티가 나기 시작했다. 엉덩이를 붙인 채로 몸을 비틀었다. 하품을 하고, 옆자리에 앉은 친구 얼굴을 보고, 잠깐씩은 서가에서 책 읽는 사람까지 구경했다. 역시 내 잘못이었다. 눈으로 책만 읽어야 하는지, 그 밖의 것들을 봐도 되는지 정해 놓지 않은 거다.

2시 56분. 젊은 아빠가 엉덩이로 책 읽기 대회장으로 성큼 들어왔다. "아휴, 몰랐어요. 내년에는 꼭 알려주세요"라면서 연락처를 남기고 갔다. 초등학교 3학년 남자아이가 읽을 만한 책을 추천해 달라는 사람도 있었다. 나는 부리나케 어린이 책 코너에 다녀왔다.

3시 1분. 고학년 아이들도 조금씩 자세가 흐트러졌다. 저학년 아이들은 대놓고 내 눈만 바라봤다. 공정한 심사를 추구한다지만, 그 간절한 눈빛을 외면할 배포가 없었다. 타이머를 보여주었다. "10분밖에 안 남았어." 아이들의 눈은 산골짜기의 별빛처럼 초롱초롱했다.

3시 8분. 대회장의 분위기는 밀물 때의 파도처럼 힘차게 술렁였다. 시계를 가진 아이들은 손목을 드러냈다. 먼 자리에 앉은 친구들도 시간을 보기 위해서 엉덩이를 높이 들었다. 나하고 마주치면 '이 정도는 괜찮지요?' 하는 눈으로 봤다. '암요. 괜찮지요'라는 내 속마음은 아이들에게 빛의 속도로 퍼져나갔다.

3시 10분 53초. 독서에 전념하는 아이들은 없었다. 엉덩이로 책 읽기 대회에 참가한 거의 모든 아이들은 카운트다운에 들어갔다.

"7, 6, 5, 4, 3, 2, 1. 땡!"

엉덩이 파워를 확인한 순간, 아이들의 얼굴에서는 열기 같은 게 나왔다. 그 성취감 뒤에 오는 허탈함을 느끼기 전에, 한길문고 문지영 대표가 나섰다. 최저시급이 인쇄되어 있는 '한길문고 도서·문구상품권'을 나누어주었다.

아이들은 책과 문구와 장난감을 찾아서 서점 곳곳으로 흩어졌다. 대회장 근처에서 퍼즐을 고르던 초등학교 4학년 옥예은 학생만이 내게 물었다.

"이거 원래 탈락자 없죠?"

말려들면 안 된다. 아가들에게 "산타 할아버지가 선물 주러 오실 거야"라고 할 때처럼 흔들리지 않았다.

"아니야. 엉덩이 떼면 탈락시켰을 거야!"

퇴근 5분 전에
찾아온 손님

'뭐라도 읽고 쓰고 싶은 사람들을 위한 고민 상담소'는 매주 화요일과 금요일 오후 2시부터 5시까지 연다. 페이스북과 〈교차로〉, 그리고 독서모임 몇 곳에 상담소 개업 소식을 알렸다. 그런 다음에는 한길문고 한쪽에서 노트북을 켜고 앉아 있기. 누군가는 반드시 왔다.

『너의 췌장을 먹고 싶어』와 비슷한 종류의 책을 추천해달라는 중학생, 은퇴 후에 책을 쓰고 싶다는 50대 후반 직장인, 고등학생 아들과 대화하기 위해서 책을 읽고 싶다는 전업주부, 달마다 소식지에 칼럼을 쓰고 있는 시민단체 대표가 찾아왔다.

"상담해요?"라고 묻는 사람이 아예 없던 날이었다. 사람들은 내가 등지고 앉은 서가에서 책을 고르고 돌아갔다. 할 수 없이 노트북 전원을 끄고 가방을 쌌다. 퇴근 5분 전이었다. 그때 스마트폰 진동이 울렸다. 한길문고 문지영 대표가 "좋은 책 많이 읽는 청년이야. 결혼한 지 얼마 안 된 것 같더라"면서 나한테 전화번호를 알려준 사람이었다.

"안녕하세요. 서점 왔는데요. 이 시간도 괜찮나요?"

칼퇴를 할 것인가(야박하잖아). 상담소 본연의 임무에 충실할 것인가(연장근무하잖아). 뜸 들이지 않고 말해야 하는 긴박한 순간이었다. 그러나 서점 상주작가라면, 책 읽겠다고 찾아온 젊은이를 환영하는 게 도리겠지. "오세요. 반가울 거예요." 나는 보통 때보다 조금 높은 목소리로 말했다.

전화를 끊고 나니까 고등학교 남학생 두 명이 보였다. "안녕하세요. 아까 전화 통화했던……"이라고 말을 거는 게 아닌가. 헐! 소년의 얼굴을 한 청년들이었다(그날 밤 내 인스타그램에 두 사람 사진을 올렸더니 고등학생인 줄 알았다는 댓글이 네 개 달렸음).

공군 제대한 지 한 달쯤 된 김은산씨는 내년 3월에 초등학교 교사 발령을 받는다고 했다. 나한테 전화를 걸었던 남궁광웅씨는 내년 3월에 아빠가 된다고 했다.

"와이프가 아기 태어날 때까지 많이 놀라고 했어요. 근데 저는 책도 읽고 글도 잘 쓰고 싶어요. 독서모임도 만들어서 하고 있거든요."

1992년생인 두 사람은 군산고등학교 다닐 때에 만난 친구다. 고등학생 은산씨는 오전 7시 40분까지 등교해서 1시간씩 책을 읽었다. 장르를 따지지 않는 독서였다. 일본의 버블 경제나 부동산 전망에 대한 책도 재미있게 읽었다. 소설가 김훈이 쓴 『칼의 노래』, 『현의 노래』, 『화장』을 읽으면서 문체가 주는 아름다움에 빠졌다.

광웅씨는 그런 은산씨를 '언어 1등급', '언어의 마술사'라고 치켜세워주었다. 그러나 자신은 독서를 거의 하지 않고 10대 시절을 보냈다고 했다. 다독가인 어머니가 건네던 말은 광웅씨가 스무 살 넘었을 때야 와닿았다.

"어머니가 항상 저한테 책 좀 읽으라고 했어요. 『리딩으로 리드하라』를 읽고는 『국가론』을 샀어요. 재미없어 하니까 어머니가 교육방송 특강을 추천해주시더라고요. 활자 말고 영상으로 보니까 쉽고 재미있었어요. 강사들이 다 유명한 대학의 교수들이잖아요. '나는 그 대학 안 다녀서 강의 못 듣는데 잘됐다' 싶었죠."

광웅씨는 철학을 시대순으로 풀어주는 강의를 가장 재미있어 했다. 읽다 말았던 『국가론』을 다시 꺼내 읽었다. 마지막에 가서는 큰 충격을 받았단다. '이 답을 이끌어내기 위해서 그런 질문들을 던진 거였어?'

탄복한 광웅씨는 '나는 정말 모르는 게 많구나'라는 자각을 했다. 그때가 스물한 살, 마음먹고 책을 읽기 시작했다. 독서하다가 부닥치는 어려운 말들은 높은 허들처럼 보였다. 광웅씨는 팟캐스트를 듣고, 책모임에 나가면서 장애물들을 뛰어넘었다. 그러고 나니까 글도 잘 쓰고 싶어졌다.

"제 아이한테 해주고 싶은 이야기를 글로 쓰고 싶어요. 나중에 제가 없어도 같이 있는 기분이 들 수 있잖아요."

광웅씨는 자기 삶의 토대를 다져가고 있다. 독서는 그중의 하나다. 퇴근하면 책을 편다. 아내도 광웅씨가 선물해준 책 『부모 공부』를 읽는다. 물론 젊고 예쁜 이 부부는 한번 들여다보면 한두 시간을 훅 빼앗아가는 스마트폰한테도 곁을 주고 있다.

은산씨도 책만 읽는 젊은이는 아니다. 그가 복무한 공군은 6주에 한 번씩 휴가를 나올 수 있었다. 은산씨는 광웅씨를 비롯한 친구들을 만나서 알차게 놀다가 복귀했다. 지금도 게임을 더 좋아하지만 책을 끼고 살아야 하는 이유는 뚜렷하다.

"임용고시 합격하고 군대 가기 전에 3개월간 계약직 교사로 일했어요. 현장에 가보니까, 제가 꿈꾸던 교사랑 제 모습이 많이 다르더라고요. '어떤 교사가 좋은가.' 생각을 많이 했거든요. 원래 책을 좋아하기도 했지만, 알아야 할 게 많으니까 읽는 면도 있어요."

'뭐라도 읽고 쓰고 싶은 사람들을 위한 고민상담소'를 열고 처음으로 한 연장근무. "만나서 반가웠어요"로 끝나면 안 될 것 같았다. 현실에서 만난 멋진 청년들을 나 혼자만 알고 지내는 게 아까웠다. 어떻게라도 연결고리를 찾아내고 싶었다.

나는 한길문고에서 에세이 쓰기와 북클럽을 진행하고 있다. 정원은 꽉 찼다. 그래도 메신저 단체 채팅방에 물어봤다. 글도 잘 쓰고 싶어 하고, 책도 꾸준히 읽는 이 청년들을 어떻게 했으면 좋겠냐고. 회원들이 대환영한다는 문자와 이모티콘을 실시간으로 달아주었다.

청년들은 한길문고 북클럽 회원이 되었다. 『소년의 레시피』를 읽고 이야기하는 시간에 광웅씨는 예비 부모들과 만나면 출산준비물에 대한 정보는 얻었지만 뭔가 빠진 것 같았다고 했다. 어머니한테 물어보고 싶어도, 이제 그럴 수가 없다는 광웅씨에게 부모 경력 십수 년째인 북클럽 회원들은 삶의 지혜를 곁들여줬다.

은산씨는 에세이 쓰기 수업에 두 편의 글을 냈다. 바다가 보이는 집에서 바다처럼 살지 못한다는 글과 "선생님, 맹인은 무슨 꿈을 꾸나요?"라는 학생의 질문을 듣고 교사로서 답을 찾아가는 글. 각자 써온 글을 읽고 얘기하는 자리에서 은산씨는 이모나 부모님 연배의 회원들이 하는 말을 주로 듣고만 있었다.

"어른들 이야기에는 자녀 교육이 빠질 수가 없잖아요. 교사로서 '애들은 집에서 저렇게 생활하는구나'를 배워요. 제가 심각하게 여기는 일을 아이들은 사소하게 느낄 수 있다는 것도 알게 되고요."

상주작가도 직장인. 연장근무 할 일은 가끔 생겼다. 전교생이 열한 명인 군산 내흥초등학교에서 한길문고에 온다고 하니까 쉬는 날(수요일)에 일부러 출근해서 만났다. 크리스마스라서 할 수 없었던 에세이 쓰기 수업도 휴일에 나가서 했다. 그러니 은산씨와 광웅씨를 따로 만날 때도 퇴근했다가 밤에 다시 서점으로 출근했다.

두 사람은 책 이외의 이야기를 더 많이 한다고 했다. 농대를 다녔고, '병역특례 후계농업인 산업기능요원'으로 복무한 광웅씨는 하고 싶은 게 많다. 팽이버섯 일을 하다가 지금은 굼벵이를 기른다. 마케팅을 잘하고 싶으니까 책 속에서도 길을 찾고 있다. 그 옆에서 은산씨는 '제갈량' 역할을 맡고 있다고 했다.

두 사람은 그 또래의 남자들 같지 않았다. 친구의 단점을 대머

리독수리가 먹이를 낚아채듯 잽싸게 붙잡아서 놀려먹지 않았다. 삶을 아름답게 꾸려가는 청년들의 이야기는 여운이 남는 다큐멘터리 같았다. 그때 광웅씨가 웃으면서 말했다.

"(웃음) 제가 독서모임 만들었는데 은산이는 안 나왔어요. 모르는 사람들이랑 만나기 싫다고요."

2주 전부터 모르는 사람들과 한길문고에서 에세이 쓰기와 북클럽을 하는 은산씨가 맞받아쳤다.

"공군은 복무 기간이 길잖아요. 광웅이는 제 면회 한 번도 안 왔어요."

서로의 치부를 폭로한다고 한들, 두 사람이 갖고 있는 매력은 손톱만큼도 훼손되지 않았다. 20대 남성들은 출판시장에 없는 거나 마찬가지라고 하는데 군산에는 은산씨와 광웅씨가 있다.

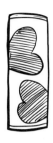

수십 년 만에 꿈을
되찾은 '문학소녀'

군산 우리문고 앞에는 버스정류장이 있다. 사람들은 버스 번호를 확인하고 재빨리 탄다. 유순심씨도 날마다 그 정류장에서 버스를 기다리는 사람이었다. 추우니까, 더우니까, 바쁘니까, 피곤하니까 타야 할 버스가 오면 얼른 올랐다. 딱 한 번만 빼고.

"〈교차로〉 보고 우리문고에서 작가 강연회 하는 걸 알았어요. 항상 그 앞에서 버스 타거든요. '책도 안 사 읽는 사람이 서점에 가서 물어봐도 되나?' 큰 용기를 낸 거예요."

버스정류장에서 우리문고 계단까지 스물여섯 걸음. 여섯 계단을 오른 다음에 작가 강연회 한다는 현수막이 걸려 있는 로비까지 아홉 걸음. 작가들의 이름과 강연 제목을 읽으면서 떨리는 마음을 다잡은 뒤에 우리문고 문을 열려면 다시 다섯 걸음. 순심씨에게는 큰 산 하나를 넘는 것처럼 힘든 일이었다.

"제가 여기에 끼어도 되나요?"

순심씨가 우리문고 강연 테이블에 와서 건넨 첫 마디였다. 지난해 12월 어느 토요일 오후, 김기은 작가는 시를 여러 편 읽어주었다. 다들 처음 만난 사이지만 마음을 열고 얘기할 수 있게 이끌었다. 처음 와서 "문학도 사람 사는 이야기잖아요"라고 말하는 순심씨의 목소리는 조금 떨리는 것 같았다.

아이 셋을 낳고 기른 순심씨는 먹고사는 일만이 중요했다. 다른 무언가를 생각할 겨를은 없었다. 그러나 지인들은 생활에 찌들었다고 자평하는 순심씨에게서 다른 면을 봤다. 메신저 단체 채팅방에 올린 순심씨의 글을 보고는 "꼭 시를 쓴 것 같네"라고들 했다.

"우리문고에 처음 왔을 때, 저 혼자 신나서 너무 말을 많이 한 것 같아요. 작가 강연회 자체가 옛날 친구처럼 반가웠거든요. 정말 뭐에 끌린 듯이 왔어요."

순심씨는 중학교 때부터 교지에 글이 실리던 문학소녀였다. 고등학교 2학년이던 1975년 1월 1일. 순심씨는 동아일보 신춘문예 당선 작가에게 편지를 보냈다. "글의 배경이 강원도인데 왜 주인공은 표준말만 쓰나요?"라고 물었다.

편지를 읽은 당선 작가는 답장을 보내왔다. 고맙다고, 참고하겠다고. 그러면서 『설국』을 쓴 가와바타 야스나리도, 작품을 발표하고 난 뒤에 몇 번이나 고쳐 썼다는 말을 했다고 한다. 글이라는 것은 그만큼 어려운 것이라고 순심씨에게 알려주었다.

국어국문과에 가고 싶었지만 고등학교 3학년 2학기에 취업을 나가야 했던 순심씨. 지하철 1호선을 타고 출퇴근할 때는 문고판을 끼고 다니면서 읽었다. 차곡차곡 월급을 모아서 종로2가에 있는 학원가로 가자고, 종합반에서 1년간 공부해서는 기어이 대학에 진학하겠다고 결심했다.

꼬박 3년간 회사에 다니고 퇴사한 순심씨. 대학입시 공부를 하겠다는 딸에게 아버지는 말했다. "시집갈 나이다!" 답답한 집안 환경에서 벗어나고 싶었던 순심씨는 친구의 외사촌 오빠와 결혼해서 전주에 정착했다. 큰애가 여섯 살 때 군산으로 이사 왔다. 누구나 어려웠던 시절, 쌀독에 쌀이 얼마나 남았느냐를 계산하고 살았다. 어느새 수십 년이 지났다.

　우리문고 앞 정류장. 처음으로 작가 강연회를 듣고 버스를 기다리던 순심씨는 가슴속에서 아지랑이 같은 게 이는 듯했다. '이걸 어떻게 쓸까? 내일 아침에는 생각이 더 정리될까?' 그날 밤, 저녁을 먹고 하루의 살림살이를 마무리 짓고 잠자리에 들었는데 뭔가를 막 쓰고 싶었다.

　"자고 일어나면 이야기가 연결 안 돼요. 뭐라도 한번 써보고 싶다는 생각이 들어서 제목이라도 적어놓고 있어요."
　순심씨의 수첩에는 '이제는 노인', '노령화를 사는 어르신들', '말로 할 수밖에 없는 자녀들의 현실', '나도 노인인데 노인을 케어하는 그런 입장'이라는 메모가 적혀 있었다. 일을 하면서 겪었던 일, 간병일지를 쓰고 싶었던 마음이 담겨 있었다.

　격주마다 토요일 오후에 열리는 우리문고 작가 강연회. 2019년 1월부터는 『할아버지의 뒤주』를 쓴 이준호 작가가 강연을 한다. 그는 강의를 들으러 온 사람들에게 자신의 이메일 주소를 알려주었다. 글을 보내면 봐주겠다고 했다. 사람들은 "정말이요?" 하면서 작가의 이메일 주소를 받아 적었다.

손으로 글을 쓰는 순심씨만 얼굴에 그늘이 졌다. 사실 순심씨는 2년 전에 군장대학을 졸업했다. 전공은 실버복지상담학. 사람들은 "써먹지도 못할 공부를 왜 하는 거야?"라고 물었다. 순심씨의 걱정은 졸업 후 진로가 아니었다. 컴퓨터를 잘 다룰 줄 몰라서 공부하는 데 애를 먹었다. 하지만 사람들의 질문에는 의연하게 대처했다.

"써먹을라고 공부하나? (웃음) 대학 못 다닌 한풀이 했어."

대학 공부를 마친 순심씨에게 남은 한은 문학. 그녀에게는 컴퓨터에 글을 써서 저장했다가 다른 사람에게 보내는 '디지털 문학 세계'가 장벽처럼 느껴졌다. 도저히 넘어설 수 없을 것 같았다. 수십 년 전에 꾸었던 꿈만 가지고 서점에 와서 기웃거리는 것 같아 부끄러워졌다.

작가 강연회 끝나고, 사람들은 돌아갔다. 순심씨만 남았다. 나는 순심씨가 그토록 원했던 국문과를 다닌 사람. 작은 도시에 사는 사람들이 보고 듣고 겪은 이야기를 책으로 쓴 사람. 다음 강연회 때도 순심씨를 만나고 싶은 사람. 순심씨의 가슴에 당장 닿을 수 없다고 해도, 나이 들어서 글을 쓴 사람들 얘기를 해주었다.

로라 잉걸스 와일더는 자신의 어릴 적 이야기인 『초원의 집』을 예순다섯 살에 출간했다. 미국의 국민 화가 모지스 할머니는 일흔 여섯 살에 그림을 시작했다. 여든한 살에 첫 전시회를 열고, 백 살에도 25점의 그림을 그렸다. 『인생에서 너무 늦은 때란 없습니다』는 모지스 할머니가 아흔두 살에 쓴 책이다.

혼자 버스를 타고 집으로 돌아가는 순심씨. 작가 강연회에 오면 대화 상대가 있어서 좋다고 했다. "당신은 아직도 세상살이를 잘 몰라"라고 말하는 남편에게는 언제쯤 서점에 다닌다고 얘기를 할까. 그래도 가슴속에 든 이야기를 포기하지 않고 계속 글로 써보리라는 다짐만은 날마다 했다.

문득 순심씨는 오래된 앨범을 꺼내서 봤다. 순식간에 수십 년 전으로 돌아갔다. 세 아이도, 남편도 없는 시절의 사진은 흑백이어도 생생했다. 44년 전에 신춘문예 당선 작가에게 받은 편지도 그대로 있었다. 순심씨는 편지와 젊은 시절의 사진을 찍어서 나한테 보내주며 말했다.

"지금까지는 살기 위해 애썼다면, 작가님이 주신 시간은 저만을 위한 것이기에 더욱 소중합니다. 내게 이런 일이 있다는 게 믿어지지 않아요. 너무나 소중한 아름다운 추억이 될 것 같아요. 여러 가지로 감사합니다."

나는 빛바랜 편지를 확대해 봤다. 거기에는 문학을 공부하고 싶다는 마음이 간절한 '소녀 유순심'이 있었다.

한밤에
책을 읽는 마음

저마다 혼자서는 하기 어려운 분야가 있다. 어떤 사람은 식당에 들어가서 혼자 밥을 먹는 게 힘들다. 보고 싶은 영화를 상영해도 혼자서는 극장에 가지 못한다. 상점에 들어가서 혼자 옷을 고르는 걸 주저하고, 여기 아닌 다른 데로 혼자 떠나는 건 상상조차 하지 않는다. 그리고 어떤 사람들은 혼자서 책을 읽을 수 없다.

전북대학교 사회복지학과 4학년 송민정씨는 스스로 책을 읽지 않던 사람. 스무 살 때는 전공 이외의 책을 단 한 권도 읽지 않았다고 한다. 스물한 살 때 단숨에 읽은 책은 『채식주의자』. 맨부커상을 받은 한강 작가는 노는 것에 푹 빠진 청춘을 움직일 만큼

'핫'한 사람이었다. 그 뒤로 민정씨를 사로잡은 책은 딱히 없었다.

대전에서 나고 자라 전주에서 대학을 다닌 민정씨. 놀러가는 곳으로만 알았던 군산에 온 건 지난해 여름이었다. 3학년 때 실습 나온 적도 있는, 그 뒤로 행사 때마다 자원활동을 다녔던 '청소년 자치연구소'에서 일 좀 도와달라고 했다. 민정씨는 경험 삼아 한 달만 해보고 돌아갈 예정이었다.

군산에 오고 계절은 두 번 바뀌었다. 여전히 같은 일을 하는 민정씨는 시급을 받는 사람에서 정규직이 되었다. 되돌아보면, 5년 전부터 간절하게 바라던 일이었다. 고등학교 시절, 민정씨는 엄청나게 성적이 뛰어난 학생은 아니었다. 눈여겨봐주는 교사도 없었다. 학교 밖의 YMCA 청소년 간사만이 민정씨를 '알아봐줬다'.

"이걸 민정이가 처음 한 거라고? 정말 잘했다!"

무언가를 시도할 때마다 칭찬받던 고등학생은 자신의 운명인 듯 진로를 정했다. '내가 받은 것처럼, 학생들에게 좋은 영향을 주는 사람이 되자!' 그래서 사회복지학을 공부했고, 청소년과 관련된 일이 있는 곳이라면 찾아가서 자원활동을 했다. 마침내는 "여기다!" 싶은 일터에서 새로운 삶을 꾸려가고 있다.

"근데 퇴근하면 너무 피곤해서 아무것도 못해요. 방도 안 치우고 전기장판에 누워만 있거든요. 그날도 집에 가서 페이스북만 보고 있었어요. 한길문고 상주작가님이 북클럽을 연대요. 책을 다 안 읽어도 된다는 말이 마음에 들었어요. 그렇게라도 약속을 잡아놓으면 독서에 대한 책임감이 생기잖아요."

처음에 나는 민정씨 같은 사람을 떠올리며 북클럽을 만들지는 않았다. 맘에 드는 책을 읽고 나면 누군가에게 선물하는 사람, "재미없더라. 왜 그 책을 추천한 거야?"라는 타박을 듣고서도 "이 책은 진짜 다를 거야" 은근슬쩍 들이미는 사람들을 생각했다. 하지만 그런 독서인들은 북클럽을 하지 않아도 책을 탑처럼 쌓아놓고 읽는다.

'한길문고 상주작가야, 일해라! 북클럽을 열어라!'라는 주문을 나한테 거는 사람들은 수줍음을 타는 편이었다. "안 되더라고요. 이제는 책 좀 읽어야 하는데요……."라고 말끝을 흐리면서 나를 바라봤다. 하루 일과가 끝나면 드라마를 보거나 스마트폰만 하는 일상을 바꾸기 위해서 용기를 낸 사람들이었다.

"내가 읽은 책을 당신도 같이 읽기를 바랍니다. 당신이 그 책에 관해 어떻게 생각하는지 알고 싶습니다."

『섬에 있는 서점』의 주인공 에이제이가 어밀리아한테 청혼하면서 한 말이다. 같이 책을 읽고 싶다는 사람들한테 내가 하고 싶은 말이기도 했다. 나는 페이스북과 〈교차로〉에 북클럽을 연다는 방을 붙였다. 신청한 사람은 열일곱 명, 매달 둘째 주와 넷째 주 금요일 밤 8시에 만나기로 했다.

사람이 많다고 메신저 단체 채팅방을 만들고 싶지는 않았다. 저녁 7시에 북클럽을 하는 줄 알고, 퇴근하자마자 밥도 안 먹고 부랴부랴 온 젊은 선생님한테는 다정하게 시간을 알려줄 수 있었다. 그러나 일주일이나 먼저 와서 "오늘, 맞죠?"라고 해맑게 웃는 어떤 사람을 보고는 생각을 고쳐먹었다.

"눈 내린 토요일 아침입니다. 북클럽 단톡방을 만들었어요. 갑자기 왜냐고요? 어젯밤 8시에 한길문고로 북클럽 회원 한 분이 오셨어요. (소곤소곤) 윤은경 선생님이셨어요.^^ 이 방에서는 북클럽 날짜 알려주기와 책에 대한 얘기만 할게요."

사람이 하는 일 중에서 저절로 이루어지는 일은 없다. 독서도 그렇다. 시간을 쪼개서 책을 읽으려고 하면 다른 할 일이 끼어든다. 아직 손이 많이 가는 아이들은 눈앞에서 왔다 갔다 하고, 설거지를 끝낸 부엌에는 또 물 마신 컵이 한가득 쌓여 있고, 세탁기는 빨래 다 됐다는 음악을 울리며 재촉한다. 어느 날은 직장 일이 집에까지 따라와서 들러붙어 있다.

그 모든 어려움을 이겨내고 마침내 펼친 책. "이런 내용이군. 읽을 만하겠어"라고 몰입하려는데 눈꺼풀이 무거워진다. 쏟아지는 잠을 쫓기 위해서 텔레비전을 켠다. 저만큼에 놔뒀던 스마트폰을 가져온다. 헐! 한두 시간이 눈 깜짝할 사이에 지나가버린다. '내일부터 진짜 잘 읽자'는 다짐을 몇 번 했을 뿐인데 어느새 한길문고 북클럽 가는 날!

첫 번째로 읽은 책은 『섬에 있는 서점』. 다 읽지 못했다고 실토하는 사람들이 절반이나 되었다. 나는 자책했다. '300쪽 넘는 책은 너무 두꺼운가? 미국 매사추세츠주 앨리스섬에서 일어나는 이야기는 너무 복잡했나?' 북클럽 회원들은 상주작가의 속마음을 눈치채지 못한 듯했다. 명랑하게 다음 모임을 기약했다.

두 번째로 읽은 책은 『소년의 레시피』. 군산 사람들에게는 지리적인 거리감이 없다. 익숙한 동네들과 학교가 나온다. 나오는 인물도 많지 않고, 254쪽밖에 안 된다. 그럴 줄 알았다. 대다수가 완독하고 왔다. 한길문고 문을 닫는 밤 10시까지 화장실도 가지 않고 이야기를 이어갔다. 그날, 민정씨는 일이 바빠서 나오지 않았다.

"제주도 여행을 갔는데요. 흑돼지가 너무 맛있는 거예요. 카페 가서 뭐 먹으면 그림을 잘 그리거든요. 흑돼지 그림도 그렸어요. 그걸 보니까 제가 너무 돼지 같은 거예요. (웃음) 근데 진짜 맛있었어요."

『내 식탁 위의 책들』을 얘기하던 세 번째 모임에서 민정씨가 한 말이다. 배고플 때, 배 아플 때, '종이 위의 음식'을 읽는 게 고통스러웠다는 회원들 속에서 돋보이는 먹방 설명이었다. 물론, 민정씨는 책을 끝까지 읽지 못했다는 고백을 했다. 나는 민정씨에게 23년간이나 그림식사일기를 그려온 『시노다 과장의 삼시세끼』를 권했다.

못다 한 책 이야기는 단체 메신저 채팅방에서 이어졌다. 이은미씨는 냉장고 속 달걀 사진을 찍어 보냈다. 끝 번호가 3이었다. 윤은경씨가 달걀의 마지막 숫자를 보고 사육환경을 알 수 있다고 했다. 4는 케이지, 3은 개선된 케이지, 2는 축사 내 평사, 1은 방사 사육이라고 했다.

밥을 사먹는 민정씨는 완독을 결심했다. 네 번째 북클럽이 하루 앞으로 닥쳐온 날, 야근하다가 『걷는 사람, 하정우』를 챙겨서 카페로 갔다. 닫혀 있었다. 다른 카페들도 마찬가지였다. 민정씨가 사는 곳은 군산의 원도심. 밤 9시만 돼도 거리는 숨죽여 웅크

린다. '초원사진관'의 옆집 건물에 사는 민정씨는 가로등 불빛 아
래서 고민했다.

"집에 가면 퍼질 것 같았어요. 걸어 다니면서 책을 읽었죠. (웃
음) 제가 너무 멋있는 거예요. 감상에 빠져가지고 인증사진도 찍었
어요. 77쪽에 한 발자국만 나가보라고. 희망의 순풍이 살짝 분다
고 나오거든요. 포기하지 말고 걸어보래요. 그게 되게 좋았어요.
제 인생에서 지금이 가장 낯선 시기거든요. 생각만큼 내 맘대로
되는 것도 없고요."

군산생활도 처음, 사회생활도 처음, 10대들과 만나서 진짜로 일
하는 것도 처음인 민정씨는 청소년들과 『일어나기 5분 전』이라는
책을 펴냈다. 아이들은 책 만드는 작업을 할 때 서로 의견이 달라
서 많이 싸웠다. 어른이면서 선생인 민정씨는 살얼음 위를 걷는 심
정이었다. 밤마다 전화로 남자친구한테 하소연을 했더랬다.

네 번째에 이른 북클럽. 회원들은 내 순서를 기다리지 않고 '또
랑물'처럼 자연스럽게 흘러들며 말을 했다. 갖가지 이야기는 비 온
후의 시냇물처럼 속도를 내며 흘러갔다. 배우 하정우씨네 북클럽
처럼 '서로의 마음을 채굴'하는 밤이었다.

"이 북클럽이 진짜 좋아요. 제가 직장 바깥의 사람들과 관계를 좀 쌓고 싶었거든요. 연령은 상관없었어요. 저보다 연배가 높은 분들의 사고도 궁금했고요."

북클럽 회원의 평균연령을 확 낮춰주는 민정씨가 말했다. 직장에 다니면서 날마다 읽는 건 어렵다고도 했다. "하루 날 잡아서 읽어야 해요"라는 그녀가 2주에 한 번씩 걸어 다닐 원도심의 밤 분위기가 그려진다. 어느 밤은 벚꽃 잎이 흩날리고, 어느 밤은 끈적끈적한 바람이 팔에 감기고, 어느 밤은 은행잎이 발밑에 굴러다니고, 어느 밤에는 눈도 오겠지.

민정씨, 한길문고 북클럽의 목표는 완독 아니에요. 무결석입니다. 유난히 근사한 밤에는 책 읽지 말고 남자친구랑 오래오래 통화하세요.

어떤 책은
일상까지 스며들었다

"신호등 기다리면서도 막 책을 읽었어요. 아, 생각해보니까 쪽팔려요."

노은수씨는 열일곱 살, 3년 전에 처음으로 한길문고에서 산 책 얘기를 하다가 손으로 얼굴을 가렸다. 은수씨의 표정을 봉쇄하고 있는 긴 손가락들 사이로 웃음소리가 새어 나왔다. 중학교를 막 졸업한 사람은 어떻게 웃어도 해사해 보였다.

은수씨의 집에는 책이 많았다. 어린 은수는 심심하면 책을 읽었다. 초등학교 고학년부터는 점심시간에 밥 먹고 나서 학교 도서관으로 갔다. 『좁은 문』, 『젊은 베르테르의 슬픔』 같은 책을 빌려 읽었다. 또래들처럼 '인소(인터넷소설)'에도 빠졌다. 로맨스 장면에서는 "꺄아!" 환호하는 아이였다.

워킹맘인 은수씨의 어머니 윤은경씨는 일요일 낮이 되면 선언하듯 식구들에게 말했다. "엄마의 '엄' 자도 꺼내지 마!" 오전에 집안일을 모두 마친 은경씨는 오후에 자기만의 시간을 가졌다. 대개는 경영이나 자기계발 책을 읽고, 고개를 숙이고는 뭔가를 쓰기도 했다.

"저는 엄마가 읽는 책에 흥미를 못 느꼈어요. 권해주는 책들을 거의 안 보고 소설을 읽었어요. 용돈 모아서 처음으로 책을 산 때가 중학교 1학년이었거든요. 은희경 작가가 쓴 『소년을 위로해줘』를 너무 읽어보고 싶었어요. 내 책을 샀다는 게 진짜 신났어요."

은수씨가 책을 선택했던 기준은 인터넷. 출판사에서 제공한 정보나 독자들이 쓴 서평을 참고했다. '이 책은 꼭 읽어보고 싶다!'는 마음이 들면 서점으로 달려갔다. 처음에 산 책은 은수씨의 마음에 확 와닿진 않았다. 그렇다고 손해 본 건 아니었다. 서점에서 '내 책' 사는 기쁨을 알게 되었으니까.

좋아하면 때로 걷잡을 수 없이 빠져들게 된다. 용돈은 빤하고,

읽고 싶은 책이 많은 은수씨는 동네 도서관으로 '진출'했다. 문학과지성사에서 나온 시집 시리즈에 완전히 마음을 빼앗기고 말았다. 서가에 빽빽하게 꽂힌 시집을 다 빌려 읽고 나서는 결심했다. 시집만은 사서 읽는 사람이 되자고.

독서는 은수씨에게 블랙홀과도 같았다. 철학이 궁금해서 니체를 읽고, 남궁인 의사가 쓴 『만약은 없다』를 접하고는 응급의학서를 찾아 읽었다. 그룹 '엑소' 팬이라는 본분에도 충실했으므로 아이돌 팬픽도 어지간히 읽었다. "쟤랑 얘랑 엮으면 더 재밌을 것 같네"라면서 직접 글을 쓰는 자신의 모습도 그려보았다.

"그래도 소설을 가장 많이 읽었어요. 한강 작가의 『소년이 온다』는 너무 슬퍼서 많이 울었어요. 5·18 광주 얘기잖아요. 때마침 역사 수행평가가 '한국사에서 가장 기억에 남는 사건'이었거든요. 영화 〈화려한 휴가〉도 보고, 5·18 광주민주항쟁이 정리된 자료도 쭉 찾아보고 정리해서 글을 썼어요. 좋아한다고 해도, 『소년이 온다』는 자주 읽기 힘든 책이에요."

은수씨는 학원에 많이 다니지 않고 공부한다. 시간 여유가 있는 편이니까 남들 하는 대로 따라 하지 않았다. 스스로 길을 내며 갔다. 자신이 공부하는 모습을 동영상으로 찍은 적도 있다. 국가대표팀 감독이 선수들의 경기를 분석하듯이 해봤다. 은수씨만의 기준을 정해서 노트를 정리하고 학교 공부를 했다.

사람들은 학교 성적까지 잘 나오는 은수씨의 공부 방법을 궁금하게 여겼다. 은수씨가 체계적으로 정리한 노트를 보여달라고도 했다. 딸의 필기 노트를 지인들에게 찍어 보낸 은경씨는 우스갯소리로 "이거 갖다가 팔자. 장사해도 되겠어"라며 웃었다.

'자식은 전생에 내가 진 빚을 받으러 온 존재'. 은경씨에게도 고민은 있었다. 진지하게 터놓고도 싶었지만 공감받지 못할 것 같았다. 이야기를 듣고 난 사람들이 "지금 되게 재수 없는 거 알아요?"라고 핀잔을 줄 게 분명했다.

한 달에 용돈 12만 원을 받는 은수씨는 4만 원짜리 적금을 넣고, 나머지로 친구들이랑 떡볶이를 사먹고 책을 사서 읽는다. 계획대로 착착 진행되지 않는 인생, 어느 달에는 읽고 싶은 책이 쏟아지듯 출간된다. 은수씨는 부모님에게 따로 손을 벌려서 책을 사야했다. 은경씨는 딸에게 말했다.

"은수야. 너, 너무 부담된다."
"책값?"

"참고서랑 문제집도 있지. 한 번 사면 5, 6만 원 금방이야. 소설책은 도서관에서 빌려보면 안 될까?"

"알았어. 근데 엄마, 나는 서점집 딸로 태어났어야 했어."

은수씨는 엄마에게 순간적으로 서운함을 느꼈다. 그러나 제목이나 디자인, 유명세에 끌려서 산 책들은 은수씨 취향에 맞지 않을 때가 많았다. 말장난 같은 시나 '흔글'도 안 좋아했다. 은수씨는 도서관으로 답사를 다녔다. 마음에 꼭 드는 책을 발견하면 그대로 서점에 가서 샀다.

책을 사면서 수십 번의 실패를 겪은 은수씨는 자신이 좋아하는 작가와 장르를 선명하게 알아갔다. 어떤 책은 책장을 덮으면 그대로 끝이었고, 어떤 책은 은수씨의 일상까지 스며들었다. 은수씨는 책 속의 사람들을 자꾸 생각나게 하는 책이 좋았다.

"『시간 있으면 나 좀 좋아해줘』는 책이 노래질 정도로 봤어요. 중학교 1학년 때부터 지금까지 가장 좋아해요. 해피엔딩이면 거기서 끝나는 거고, 안 좋게 끝나면 엄청 마음이 쓰일 거잖아요. 열린 결말이라서 좋았어요. 제 맘대로 생각할 수가 있거든요. 애네 어디서 잘 살고 있겠지…… 그래서 더 애틋한 거 같아요."

은수씨는 중학교 2학년 때 자신과 같은 독서가 친구를 만났다. 두 사람이 좋아하는 책은 전혀 겹치지 않았다. 그래도 책에 대한 이야기를 할 수 있으니까 좋았다. 그 친구는 온라인에서도 친구, 은수씨가 블로그에 올리는 글을 재깍재깍 읽는 독자다.

현실에서는 한 번도 만난 적 없는 블로그 이웃들은 은수씨의 글을 읽고 "진짜 잘 읽혀요" "글이 정말 좋아요" 같은 댓글을 달아 준다. 은수씨는 자신이 쓰는 글의 분위기가 밝지 않다고 했다. 사람들에게 칭찬받기 위해서 우울한 감정을 계속 유지하면서 글을 써야 할까. 은수씨는 친구에게 말했다.

"글은 계속 쓰고 싶은데, 내 우울을 팔면서 쓴 글로 사랑받고 싶지는 않아."

"은수야, 나는 네 글이 너무 좋아. 근데 글이 너를 힘들게 한다면, 그건 좋은 게 아닌 것 같아. 글이 너를 힘들게 하지 않는다면, 글 쓰는 일은 너한테 좋은 직업이 될 거야."

은수씨는 '글 쓰는 사람 노은수'를 상상해본 적 있다. 꽃길은 아니었다. 긴 시간을 들여서 쓴 글을 출판사에 보내고, 거절당하는 장면부터 떠올랐다. 성공률이 희박해 보이는 세계를 향해 나아가면서 계속 글을 쓸 수 있을까. 안전하다고 평가받는 직장에 들어간 다음에 취미처럼 글을 쓰는 게 맞는 걸까.

무언가를 하고 싶다는 간절한 마음은 스스로 싹을 틔운다. 깊이 파묻어놔도 언 땅을 뚫고 나온다. 은수씨는 누가 시키지도 않았는데 혼자서 책을 읽고 글을 쓰고 학교 공부를 해왔다. 자기 생각을 존중하고 밀고 나가는 힘을 길렀다. 그런 사람이 쓴 글은 사람들 마음을 파고든다. 언젠가 나는 은수씨가 쓴 책을 서점에서 사서 읽는 독자가 될 것만 같다.

새 학기를 앞둔 한길문고에는 문제집을 사려는 학생 손님들로 북적인다. 마스크를 쓰고 패딩을 입은 은수씨는 또래 학생들과 비슷해 보였다. 한길문고에서 은수씨를 세 번째 만난 날, 나는 바짝 다가가 봤다. 은수씨는 박준 시인과 안미옥 시인의 시집을 골라 들고 있었다. 그날부터 나는 은수씨가 읽은 책을 따라 읽었다.

때마침 스물한 살 청년 백준혁씨가 한길문고에 찾아왔다. "속으로만 좋아하는 후배에게 특별한 선물을 하고 싶어요." 나는 홍희정 작가가 쓴 『시간 있으면 나 좀 좋아해줘』를 권했다. 자기 마음하고 똑같은 제목의 책. 청년의 얼굴은 환해지면서 빨개졌다. 귀까지 달아올랐다. 그 순간, 한길문고 상주작가인 내 상담력은 +10 상승했다. 은수씨 덕분이었다.

서점에서 책을
빌려준다고요?

자꾸만 눈이 가는 게 있다. 기어이 닿고 싶어서 팔이라도 쭉 뻗
어보는 게 있다. "아무것도 아니고만"이라는 타박을 받으면서도 내
려놓지 못하는 욕망. 나한테는 그게 1등이다. 가장 많이 팔린 책
1등.

"떨 것 없씨야. 똥개도 즈그 집 앞에서는 먹고 들어간다이."

어릴 때 들었던 말의 실체는 첫 책을 내고서야 제대로 알았다.
『우리, 독립청춘』은 우리 동네서점 한길문고에 입고된 지 한 달 만
에 243권이 팔렸다. 한길문고 매대에 우아한 탑처럼 쌓여 있던 『소

년의 레시피』는 어느 밤에 가보면 싹 팔리고 없었다.

군산이라는 소도시와 어울리지 않는 『서울을 떠나는 삶을 권
하다』도 입고되고 두 달 지나서는 가장 많이 팔린 책 1등을 했다.
한길문고에 사랑을 쏟는 독자들은 그 마음을 참지 못하고 같은
동네에 사는 작가의 책을 사주는 것 같았다. 덕분에 나는 3관왕
을 했다.

동네작가의 욕망을 잘도 알아주는 한길문고. 또다시 사람을 흔
들었다. 동네서점에서도, 도서관에서처럼 책을 빌려 읽을 수 있
는 '희망도서 바로대출'을 한다고 했다. 시민들은 시립도서관 홈페
이지에서 원하는 도서를 입력한다. 원하는 서점을 선택한 다음에
'대출'을 클릭하면 동네서점에서 새 책을 빌릴 수 있다. 2주 후에
시민들이 서점에 반납한 책을 군산시가 장서로 구입하는 제도다.
한길문고에서 첫 번째로 책을 빌려 읽는 사람이 되자고 결심했다.
하지만 나는 서점 상주작가. 그 기쁨을 다른 누군가에게 양보하기
위해서 페이스북 '군산 스토리'에 글을 올렸다.

"새봄, 군산의 서점들은 새로운 모습으로 독자에게 다가갑니다.
인스타그램, 페이스북, 출판사 새 책 소식에서 봤던 신간. 도서관
에 들어오려면 한참 걸리는 그 신간. 한길문고를 비롯한 예스트서

점, 우리문고, 마리서사, 양우당서점에서 반짝반짝 빛나는 신간을 빌려 읽을 수 있습니다. 도서관 회원증만 있으면 됩니다."

군산의 시립도서관과 동네서점들이 힘을 합쳐 진행하는 희망도서 바로대출은 3월 1일부터. 닥쳐서 하면 안 될 수도 있으니까 시행 이틀 전부터는 시범 운영을 했다. 나는 1등으로 책을 빌린 사람이 되겠다는 마음을 내려놓았다. 다만, 빨리 빌려서 읽어보고 싶었다.

2월 28일 한낮. 노트북을 켜고 군산시립도서관을 클릭했다. 화살이 날아들 듯 배너광고 네 개가 시야를 가로막았다. 나는 부모님의 원수를 갚으러 온 사람처럼 재빨리 사이트를 장악하는 배너광고를 없애버렸다. 그랬더니 보였다. 희망도서 바로대출!

로그인을 했다(도서관 회원카드가 있는 시민들도 서비스를 이용하려면 온라인 가입을 해야 함). 처음부터 또렷하게 보였던 희망도서 바로대출을 클릭했다. 헤매지 않도록 '도서신청 하러 가기'가 재깍 따라 나왔다. 기타오지 기미코의 에세이 『싫지만 싫지만은 않은』을 신청해봤다.
"발행일이 2년을 초과한 자료는 신청할 수 없습니다."
그렇다. 출간된 지 1년 안 된 책만 빌릴 수 있다. 나는 메모해둔 책 목록을 확인하려고 스마트폰을 집어 들다가 곁길로 새버렸다. 포털 사이트도 아닌데, 시립도서관 홈페이지에서 습관처럼 내 책을 검색했다. 음하하하핫! 신청 가능했다. 하지만 책으로 나오기 전에 100번 넘게 읽었다.

『곰탕 1 : 미래에서 온 살인자』를 신청했다. 한길문고 '에세이 쓰기' 프로그램에 참여하는 전은덕씨가 재밌게 읽었다고 했으니까. 바로대출은 1회 1권, 한 달에 2권까지만 가능한데 『곰탕 2 : 열두 명이 사라진 밤』은 어떡하지? 남편 이름으로 신청했다. SF와 액션 영화를 좋아하는 남편은 거실 탁자 위에 올려놓은 책을 훑어라도 볼 테니까.

"배지영님께서 신청하신 『곰탕 1』을 한길문고에서 대출 바랍니다."

대출 신청을 한 지 10분도 안 돼서 문자가 왔다. 나는 지갑 속에 있어야 할 것들이 잘 있나 확인했다. 남편한테도 전화를 걸어서 "책 대출 문자 왔지? 서점으로 와줘"라고 재촉했다. 그러고는 축지법을 연마한 수련생처럼 날듯이 서점으로 달려가서 말했다.

"책 빌려 가라는 문자 받았어요. 『곰탕』."

한길문고 김우섭 점장은 친한 사이여도 업무용 언어를 썼다.

"신분증하고 도서관 회원카드 주세요."

"도서관에서 책 빌릴 때는 카드만 내면 되는데요?"

"서점에서는 안 됩니다. 신분증도 보여주셔야 합니다."

신청한 새 책을 받았다. 대출기간은 14일, 반납도 서점에서 한
다. 도서관에서 빌릴 때하고는 다른 기분이었다. "베풀어주는 호
의, 고맙습니다"라고 절을 하고 싶었다. 한길문고에 왔다가 상주작
가한테도 책을 사준 '박종대의 행복한 치과' 원장과 '밥하지마' 이
근영 선배한테 품었던 마음이 치솟았다. 그것은 존경심이었다.

2019년 시립도서관에서 희망도서 바로대출에 쓸 예산은 1억
5천만 원이다. 군산시민들이 책을 사지 말고 동네서점에서 빌려보
라고 정한 돈이다. 대기업인 GM대우가 문을 닫고 난 뒤, 수능참고
서 같은 매출까지 20% 줄어든 군산의 동네서점에 활력을 주는 정
책이다.

"도서관은 예산도 들고, 일도 많아지지. 동네서점을 위해서 이
걸 하는 거야. 도서관에서 책 수거하러 서점마다 다니겠대. '우리
가 한 달에 한 번씩 모아서 갖다주겠다'고 했더니 그러면 그동안
시민들은 책을 못 읽을 수도 있잖아. 서점 편의가 아니라 시민들을
위해서 다닌다는 거지."

한길문고 문지영 대표는 말했다. '작가와 함께하는 작은서점 지
원사업'의 거점서점으로 선정된 이후, 한길문고의 분위기는 더 따
스해졌다. 서점의 문화공간을 찾는 시민들의 발걸음도 잦아지고,

단행본 매출까지 오르고 있다고 했다.

나는 앉아 있던 테이블에서 몸을 기울여 서점 서가를 봤다. 새 학기를 맞이하는 한길문고에는 책과 참고서를 사러 온 사람들로 북적였다. 서점의 최고 큐레이션은 책을 보는 사람들이다. 책만 있는 서점은 너무나 쓸쓸하고 슬플 것 같았다.

"상주작가가 있어서 우리 서점에 큰 도움이 되고 있습니다!"
문지영 대표는 자리에서 일어나면서 씩씩한 어린이처럼 말했다. 최고로 기분 좋은 말을 들은 그 순간에 봉인해두었던 내 욕망은 튀어나오고 말았다.
"언니! 희망도서 바로대출, 나 몇 등이야?"
"세 번째다야. 3등."
나는 책 한 권 가격을 13,500원(『소년의 레시피』 기준)으로 잡아보았다. 희망도서 바로대출 총예산 1억 5천만 원에 책값을 대입해서 나눠보았다. 11,111등을 한 사람도 나처럼 서점에서 책을 빌려 읽을 수 있다. 흡~~~ 새 책 냄새를 맡을 수 있다.

> * 희망도서 바로대출은 발행일 5년 이내의 책을, 한 사람이 한 달에 5권씩 빌려 읽을 수 있게 되었습니다.

환상의 서점,
추억을 만들어 드립니다

"난 평생을 앨리스에서 살았어. 내가 아는 유일한 곳이지. 좋은
동네고. 이곳을 쭉 그렇게 살리고 싶어. 서점이 없는 동네는 동네
라고 할 수도 없잖아."

램비에이스가 말했다. 그는 소설 『섬에 있는 서점』의 등장인물
이다. 주인공은 아니다. 아내를 잃고 죽도록 술만 마셨던 에이제이
가 이야기를 끌고 가는 주인공이자 '아일랜드 북스'의 주인이다. 에
이제이는 서점에 버려두고 간 누군가의 아기 마야를 입양했다. 그
게 신경 쓰였던 경찰관 램비에이스는 서점에 들락거리다가 책 읽
는 재미를 알았다.

서점에 찾아오는 동네 사람들 덕분에 아일랜드 북스에는 생기가 돌았다. 책을 좋아하며 자란 딸 마야는 고등학생이 되어 글을 쓰고, 서점 주인인 아빠는 뇌종양에 걸렸다. 온라인 쇼핑도 하고, 전자책도 읽었던 동네 사람들은 저마다 서점에 대한 추억을 가지고 있었다. 주인이 세상을 떠났어도 서점만은 그대로 남아 있기를 바랐다.

"한 시대의 종말이군."

램비에이스는 아일랜드 북스가 문 닫는다는 소식을 듣고 말했다. 저축도 넉넉하고, 연금도 보장된 삶을 눈앞에 둔 그는 정신 나간 것 같은 결정을 했다. 동네서점의 새 주인이 됐다. 이 세상에 없는 서점이지만, 있다면 꼭 가보고 싶은 서점 이야기였다.

지금은 종이책을 안 읽어도 아쉬울 게 없는 시대다. 책 말고도 재밌는 게 너무너무 많은 시대, 온라인 서점과 대형 쇼핑몰 안에 들어선 프랜차이즈 서점이 동네서점을 재빠르게 제압한 시대. 서점이 없는 동네도 많다. 그러나 군산에는 32년째 사람들에게 사랑받는 특별한 서점 한길문고가 있다.

데모 나갈 때 책가방을 맡아준 서점, 한없이 책을 읽고 있어도 (그게 만화책이어도) 눈치를 주지 않던 서점, 용돈을 모아서 처음으로 사고 싶었던 책을 산 서점, 마술사가 되고 싶어서 마술책을 읽었던 서점, 태어날 아기를 기다리며 임신과 출산 잡지를 샀던 서점, 아무 때든 좋다고 모임 공간을 내준 서점. 한길문고 덕분에 사람들은 서점에 대한 추억 한두 개쯤은 갖고 있다.

2018년 12월 25일. 한길문고는 초등학생들에게 근사한 선물을 했다. 1시간 동안 책을 읽으면 시급을 주는 '엉덩이로 책 읽기 대회'. 긴장감이 흐르던 대회는 30분 넘어가자 분위기가 흔들렸다. 엉덩이를 들썩거리는 아이들은 자꾸 내 눈을 보며 물었다. "몇 분 남았어요?" 하지만 그 억겁의 시간을 이겨내고 책 읽기에 모두 성공했다.

참가한 어린이들도, 따라온 부모들도 '크리스마스 무용담'을 몇 날 며칠 이야기했다. 그토록 흐뭇한 장면을 페이스북에서 목격한 몇몇 사람들은 의문을 품었다. 진중한 자세로 한길문고 대표와 상주작가한테 제안했다.

"어른들이 참여하는 대회도 열어주세요. 먹고사는 일에 정신없어서 1시간 동안 책 읽는 게 진짜 힘들거든요."

'어른들을 위한 엉덩이로 책 읽기 대회'. 끝나면 시급이 적힌 상품권에 맥주, 해물파전까지 주는 걸로 결정했다. 혹시 아이들처럼 어른들도 1시간 동안 꼼짝 않고 책 읽는 게 힘들 수 있나? "이날에 생일이거나 첫 데이트를 했던 사람들은 5분간 엉덩이를 떼어도 돼요"라고 말해주고 싶었다.

책 읽기 대회를 한다는 포스터를 동네방네 붙이진 않았다. 어느밤, 한길문고 페이스북에 조용히 올렸을 뿐이었다. 자고 일어났더니 서점 전화는 계속 통화 중. 책 읽기 대회에 참가하겠다는 사람들이 빗발치듯 전화를 걸어왔다. 선착순 30명을 40명으로 늘렸어도 접수는 금방 끝났다.

3월 15일 금요일 밤. '어른들을 위한 엉덩이로 책 읽기 대회'에 참가한 사람들에게 "고맙습니다"부터 말했다. 온라인서점이나 대형마트에 딸린 서점에 안 가고 한길문고에 와주는 마음을 알고 있다고. 그러나 심사는 엄격할 거라고 했다. 어린이들 대회처럼 봐주는 일은 절대 없을 거라고 단언했다.

"엉덩이를 5초 이상 떼면 안 됩니다. 바로 탈락이에요. 스마트폰보는 것도 안 되고요. 당 떨어졌다고 뭐를 먹어도 안 돼요. 대회 끝나기 10분 전부터는 해물파전을 부칠 거예요. (웃음) 맛있는 냄새를 계속 맡고 있어도 탈락입니다. 엄청난 집중력으로 꼭 성공하시기 바랍니다."

1시간으로 맞춘 스마트폰 타이머를 눌렀다. 사정이 생겨서 못 온 세 명을 뺀 서른일곱 명의 어른들은 갯벌의 게처럼 각자의 책으로 쏙 들어갔다. 내가 일부러 노트북 자판을 큰 소리로 두드려도 쳐다보지 않았다. 김우섭 점장이 사진을 찍으러 대회장으로 들어와도 신경 쓰는 사람이 없었다.

완벽해 보여도 틈이 있긴 있다. 나는 뒷자리에 앉은 사람들에게 눈을 돌렸다. 눈이 땡그란 사람은 젤리를 입에 넣었다. '지켜보고 있습니다'는 암시를 하기 위해서 가까이 다가갔더니 나까지 공범으로 만드는 전략을 썼다. 아무 말 없이 멜론 젤리를 내밀었다. 몰래 먹는 건 무엇이든 기막히게 맛있는 법. 눈감아주고 말았다.

엉덩이로 책 읽기 대회 끝나기 10분 전, 군산시 나운2동에서 가장 전을 잘 부치는 남자 두 사람을 투입했다. 한 사람은 식당을 운영한 적도 있고, 다른 한 사람은 결혼하고 20여 년 동안 식구들의 밥상을 차렸다. 두 사람은 전기 프라이팬을 달구고는 기름을 둘렀다. 반죽을 한 국자씩 떠서 팬 위에 올렸다. 치지직 소리가 나면서 해물파전 냄새가 퍼졌다. 최선을 다해서 참고 있다가 터진 웃음, 큭큭큭 소리가 났다. 웃음소리의 범인은 아예 흐느끼듯 웃었다.

"탈락!"

단호하게 말해야 했다. 그러나 나도 같이 따라 웃는 바람에 기회를 놓쳤다. 나는 심사위원 자리로 돌아와서 책 읽는 사람들을 둘러봤다. 대부분은 돌부처처럼 미동도 하지 않고 책만 읽었다. 그때 1시간을 채웠다는 알람이 울렸다. 독서를 마친 사람들 몇은 한쪽 팔만 의자 등받이에 걸치며 말했다. "벌써 끝났어요? 30분도 안 지난 것 같은데⋯⋯." 성공한 자들의 '스웩'은 멋졌다.

책을 읽던 테이블 위에 맥주와 해물파전이 놓였다. 한길문고 카페에서 엄마 아빠의 독서가 끝나기만을 기다리던 아이들도 달려왔다. 사람들은 시급이 적힌 상품권을 마라톤 완주 메달처럼 자랑스럽게 내밀고 인증사진을 찍었다. 문지영 대표는 흐뭇한 얼굴을 하고 나한테 말했다.

"서점에서 이러니까 축제 난장 같지 않냐? 진짜진짜 재밌는 추억이 될 거야."

추억은 자동소환 기능이 있다. 나는 흙길을 걷거나 맑은 개울을 보면, 옛일이 생각난다. 태양이 머리통을 사정없이 달구던 한여름, 주산학원에 다녀오던 길에 친구 해정이와 냇가에서 목욕을 했다. 냇물에 떠내려오는 참외를 먹었더니 뱃속이 싸해지면서 뭔가가 엉덩이 쪽으로 쏟아질 것 같았다. 우리는 풀섶에서 재빨리 팬티를 내리고 쪼그려 앉았다.

초등학교 4학년인 우리 둘째아이는 책을 좋아하지 않는다. 나는 '계획적으로' 서점에 대한 추억을 만들어주고 있다. 한길문고에 데리고 다니면서 "만화책은 안 돼"라고 하지 않았다. 사준 책을 읽지 않아도 "돈 아깝네"라는 진심을 들키지 않았다. 시리즈로 나오는 『내일은 실험왕』을 날마다 한 권씩 사다 줬다.

그 모든 일이 헛되지 않았다. 서점에 오자마자 5분도 못 견디고 나가자고 하던 둘째아이가 어느 날은 하해와 같은 은혜를 내렸다. "엄마는 조금 더 있다가 가고 싶지?" 아이는 서점 한쪽에 진열된 부루마블과 큐브를 구경하고 다녔고, 나는 북유럽 소설을 절반쯤 읽었다.

"엄마, 사지도 않고서 책을 읽는 거는 범죄 아니야?"
다른 사람이 들을까 봐 둘째아이는 아주 작은 목소리로 말했다. 표정은 얼어붙어 있었다.

"서점에서는 원래 이렇게 하는 거야. 책에 침하고 코딱지만 안 묻히면 돼."

서점은 사람들이 와서 책을 읽어야만 활력을 띤다. 서가에 서서 책 읽는 사람을 아름답다고 여긴다. 점심시간이나 퇴근시간, 낮잠

을 자고 일어난 주말 오후에 한길문고에 와보시라. 추억을 저축하
기에 좋은 책들이 당신을 기다리고 있다.

낮에는 귤과 생강,
밤에는 글과 생각을 팝니다

"세상에서 가장 아름다운 서점은 어디입니까?"

나한테 물어보는 사람은 없었다. 할 수 없이 혼자서라도 묻고 답하곤 했다.

"군산 한길문고입니다. 음하하하핫! 제 책 세 권이 누워 있거든 요."

그토록 자랑스러워했던 한길문고에서 '상주작가'로 일하고 있다. 문학 프로그램을 진행하면서 만나는 사람들 이야기와 재밌을 것 같아서 이것저것 벌인 일들을 '상주작가의 서점에세이'로 기록한다.

첫 번째는 당연히 한길문고 이야기였다. 군산을 고향으로 둔 사람들은 글을 읽고서 "한길문고 그립네요"라고 했다. 충북 제천에 사는 이병일씨는 존재조차 몰랐던 한길문고에 전화해서 책을 주문했다. 시민들이 한길문고에 쏟아준 사랑을 알게 된 김경욱씨는 서점에세이에 댓글을 달았다.

"안녕하세요! 저는 산북동 쪽에서 작게 장사하고 있는데 정말 우연치 않게 작가님 글에서 한길문고를 보니 참 반갑네요. 종종 가보긴 했어도 이런 이야기가 있는지는 전혀 몰랐습니다."

경욱씨는 마트를 하고 있다. 이나모리 가즈오가 쓴 실전 경영서들을 읽고는 장사에 적용도 해본다. 4천여 명의 고객들에게 문자를 보낼 때는 류시화 시인의 산문집 『새는 날아가면서 뒤돌아보지 않는다』를 인용한다. "이거 누가 썼어요?" 마트 손님들은 사랑 고백 문자를 받은 것처럼 설레는 목소리로 묻는다.

지방소도시 군산. 경욱씨가 제대로 알려고 몸부림치는 분야의 공부를 할 데가 없었다. 유튜브에는 있었지만 밀도가 떨어지는 것 같았다. 가장 좋은 방법은 독서였다. 책을 쌓아놓고 읽게 된 경욱씨는 그제야 숨통이 트인다는 느낌을 받았다.

"굳이 돈 주고 책을 사야 하나?"

서울에 살 때 경욱씨는 도서관 책을 읽었다. 대학을 졸업하고 SK루브리컨츠에 입사한 그는 기획 업무를 담당했다. 드라마에서 처럼, 재벌 아들이 기획실장 노릇을 하지는 않았다. 다만, 경욱씨 네 팀은 바뀐 임원이나 대표의 뜻에 맞게 그전의 목표를 고치는 작업을 했다. 손에 잡히지 않는, 뜬구름 같은 일을 하는 것만 같 았다.

그는 대기업에 대한 환상을 가진 청년이었다. 식구들 중에서 큰 회사에 들어간 사람은 경욱씨가 유일했다. 집안사람들은 대부분 장사해서 먹고살며 아이들을 키우고 뒷바라지했다. 순조롭게 입사 한 경욱씨는 '임원까지 해보자'고 결심한 적도 있다. 일하는 사람 들을 알고 싶어서 다른 부서의 선배들 모임에도 여러 번 가봤다.

회사원들은 과장이나 부장을 보면서 자신의 미래를 본다. 적당 한 월급을 받고, 적당한 사람과 결혼하고, 적당한 빚을 내고, 적당 히 좋은 동네에 아파트를 사고, 적당히 재미있는 취미 생활을 하 고, 적당한 사교육을 아이들에게 시키는, 적당히 안온한 삶이 그 려졌다.

"뭔가 벗어날 수 없는 기찻길 같은 게 보이는 거예요. 앞으로 내 가 다른 무언가가 될 수 있을까. 이거를 20년 했다 치고 밖에 나갔는데 붕어빵 장사라도 해서 먹고살 수 있을까. 비즈니스맨의 본질은 햇반을 떼다 팔든, 붕어빵을 팔든, 석유를 팔든, 팔 수 있는 능력이거든요. 아니라는 답이 나왔죠. 2년 반 다니고는 퇴사했죠. 서른 살 때였어요."

아람코. 정유사에 근무했던 경욱씨가 경력을 살려 최대한의 연봉을 받기 위해서 가려고 했던 사우디아라비아의 사막이다. 그러니 '지방에서 새로운 삶을 시작하자'는 결심은 어렵지 않게 했다. 이미 10년 전에 경욱씨의 아버지는 새만금을 끼고 있는 작은 도시를 눈여겨보고 군산으로 이주해서 건축과 부동산 일을 하고 있었다.

동네마트는 돈을 벌면서 경영 역량까지 높일 수 있는 일로 보였다. 경욱씨는 주변의 아파트 단지 가구 수와 원룸의 공실률을 알아봤다. 인구 대비, 얼마나 많은 사람들이 마트에 와서 얼마를 소비할 것인가 예측했다. 반경 1km 안의 편의점 수와 각각의 매출을 조사했다. 손익계산서를 따져보니 잘될 거라는 확신이 생겼다.

2016년 9월 6일. 경욱씨는 수산·정육까지 겸하는 '우리들마트'를 개업했다. 아침 일찍 출근해서 들어온 물건을 검수하고 진열하고 주문받으면서 눈코 뜰 새 없이 바쁘게 일했다. 사업을 시작하기 전에 뽑아본 손익계산서는 맞지 않았다. 손님이 느끼는 것만은 확실했다.

"장사는 단순히 돈을 남겨 먹는 게 아니고, 소설 『상도』에 나온 것처럼 사람을 남기는 일이에요. 군산에서 제일 장사 잘되는 데가 이성당이잖아요. 남다른 게 있겠죠. 옛날부터 노점상들은 이성당 앞에 좌판을 벌였대요. 사장님은 안 쫓아내고 배고플 때 드시라며 오히려 빵을 줬고요. 지금도 팔고 남은 빵이 아니라 새로 만든 빵을 기부한대요."

사람들 마음에 가닿고 싶은 경욱씨는 '십시일반'과 '고사리 희망장터'를 기획했다. 수박을 산 고객들은 마트에서 제공한 기부 스티커 1장에 자기 이름을 써서 현황판에 붙였다. 기부한 스티커가 10장이 될 때마다 기부한 고객의 이름을 써서 지역아동센터와 경로당에 수박 1통씩을 후원했다. 그게 십시일반이다.

동네의 지역아동센터에 다니는 아이들은 고사리 같은 손으로 열쇠고리, 향초, 손거울을 만들어서 '고사리 희망장터'를 열었다. 동네 사람들은 형편이 어려운 어르신들에게 연탄을 사드릴 거라는 아이들의 정성에 반했다. 마트에 와서 아이들이 만든 물건을 사주었다. 수익금은 100만 원을 훨씬 넘었고, 연탄까지 배달한 아이들은 글을 써서 기록으로 남겼다.

"우리 동네를 더 잘되게 하는 힌트가 책에 하나라도 있으니까 계속 읽었어요. 마트는 밤 9시부터 손님이 그렇게 많지 않거든요. 문 닫을 때까지 2시간 정도는 작정하고 읽을 수 있죠. 열심히 읽다 보니까 쓰고 싶다는 막연한 마음이 드는 거예요. 브런치(글쓰기 플랫폼)는 저희 세대에서는 유명하죠. 친구들한테 좋은 반응 얻었던 글을 작가 신청 하려고 올렸죠."

경욱씨는 브런치 작가에 네 번 낙방했다. '전 여자친구가 담당자로 근무하는 건 아닐까?' 의심이 들 정도였다. 그는 브런치에 올라오는 글을 싹 분석하고는 경영관리 매뉴얼과 MAU(월간 실질 이용자)에 대한 글을 쓰겠다고 썼다. 합격! 쓰라린 과정을 거치고 나서야 드디어 브런치 작가가 됐다.

'회사 밖은 전쟁이다'는 말을 수없이 듣고도 완전히 새로운 일을 시작한 경욱씨는 '소상공인 탈선일기'를 썼다. "도대체 왜 정유사 그만두고 마트 하냐?"는 질문에 대한 답이기도 했다. 육체노동과 감정노동을 동시에 수행하면서 머릿속으로는 글감을 정리했다. 마트 한켠에서 글을 쓰고, 퇴근하고는 또 쓰고, 아침에는 퇴고해서 글을 올렸다.

많은 사람들이 '소상공인 탈선일기'에 호응했다. 경욱씨가 그토록 만나고 싶어 했던 이성당 대표와 대전 성심당 대표도 연락을 해왔다. 세상으로 흩어진 글이 사람들 곁에 남는다는 게 특별한 경험으로 다가왔다. 경욱씨는 생생한 기쁨을 느꼈다. 매장처럼, 글쓰기의 영역을 확장해서 '랜덤 레스토랑', '스타트업처럼 마트 경영하기'도 써나갔다.

밀레니얼 세대가 회사에서 느끼는 회의감과 퇴사, 자영업자의 고단함과 보람 등 다양한 방면을 아우르는 통찰이 뛰어나다. 한 청년이 커리어와 인생의 방향을 스스로 설정하고 나아가는 방향을 보여줌으로써 주체적 삶에 대한 의미와 중요성을 다시 한번 일깨워준다.

_왓어북 안유정 에디터의 심사평

2019년 3월, 경욱씨는 '브런치북 대상'을 받았다. 브런치 작가 심사에서도 계속 떨어졌던 그가 해낸 일은 〈세상에 이런 일이〉에 나올 만한 이야기였다. 경욱씨의 첫 책 『이렇게 된 이상 마트로 간다』는 2019년 9월에 출간됐다.

"낮에는 귤과 생강을 팔고 밤에는 글과 생각을 팝니다."

경욱씨가 브런치에 자신을 소개하는 첫 문장이다. 더 나은 삶을 위해 한 달에 한 번씩은 서울에 가는 사람. 독서모임 '트레바리'에 참석해서 다른 사람들의 생각을 듣는 사람. 회사에 다닐 때는

'아직은 이름 붙지 않은 모호한 곳으로 가는 사람들을 길러내 보자'는 소수 정예 인문학 배움터 '건명원'에서 배경이 다른 사람들과 같이 공부하고 토론했던 젊은이다.

나는 한길문고에서 경욱씨를 두 번 만났다. 합쳐서 6시간 동안 이야기를 주고받았는데 어쩐지 북클럽에 온 것 같았다. 똑같은 책을 읽었지만 색다른 이야기들이 쏟아져 나와서 막 웃음이 나오고 눈물도 찔끔 나는 분위기. 헤어질 때면 "요새는 한길문고 오는 날만 기다려요"라고 말하는 북클럽 사람들의 다정함이 생각났다.

"마트에서 북클럽 여는 건 어때요? 한길문고 북클럽 회원은 20대부터 70대까지 있거든요. 책을 읽어도 결국은 자기 이야기를 하게 되잖아요. 사람들 이야기 듣는 거 너무 좋아요."
나는 즉흥적으로 경욱씨에게 말했다. 소상공인이자 기획자인 서른세 살 청년은 대답했다.
"재밌을 것 같네요."

사람들이 일상을 건사하기 위해서 드나들어야 하는 동네마트. 그곳에서 시작하는 북클럽은 경욱씨를 닮아갈 수도 있겠다.

"제가 5년 뒤나 10년 뒤에 틔울 씨앗을 뿌리고 있는 건 맞는데요. 당장 오늘, 열심히 사는 게 맞는 것 같아요."

　그는 내일 뭐가 될지 모르는 상태가 좋다고 했다. 그래서 손님이
뜸한 밤에는 마트 한켠에서 책을 읽고 글을 쓴다.

나는 이제 머뭇거릴
시간이 없거든요

"네, 꼭 가야겠네요. 지각도 하지 말고."

"왠지 아침부터 긴장됩니다."

"누가 온다고 하면 떨려요. 하지만 오늘은 늦지 않게 갈게요."

4월 어느 날 아침, 한길문고 '에세이 쓰기 2기' 메신저 단체방에서 나눈 대화다. 긴장감이 느껴졌다. 그날 밤 7시 40분에 하는 모임을 지켜보기 위해서 '작가와 함께하는 작은서점 지원사업' 모니터링단이 온다는 소식을 읽었기 때문이다. "원래대로 하면 돼요." 상주작가로 일하는 나는 담담한 척 말했다.

그날 오후 5시 6분, 이숙자씨는 메신저로 사진을 보내왔다. 한쪽에 꽃이 단정하게 수놓아진 갈색 다포 위에는 딱 두 가지만 있었다. 크래커 위에 딸기를 장식해서 놓은 하얀 접시, 그리고 길게 뻗은 벚나무 가지와 벚꽃 네 송이.

"작가님! 손님도 오신다기에 다화라도 챙겨 가려는데 괜찮을까요?"
"꺄아! 선생님 때문에 쓰러집니다.ㅋㅋㅋㅋ 저는 6시부터 연구원들이랑 인터뷰해요."

이숙자씨는 나보다 먼저 한길문고에 와 있었다. 강연도 하고, 모임도 할 수 있는 한길문고 안쪽 서가에는 테이블이 있다. 그녀는 그 위에 직접 수놓은 천을 깔았다. 다도 세트를 꺼내고, 벚꽃을 꽂고, '철관음'이라는 차를 우렸다.

'작가와 함께하는 작은서점 지원사업'을 잘하고 있나, 문화컨설팅 '바라' 우지연 연구원과 이세영씨가 왔다. 두 사람은 미리 작성해온 질문을 나한테 했다. 상주작가로 재미나게 일하고 있으니까 솔직하게 답했다. 그러나 같이 앉아 있던 예스트서점 이상모 대표는 "배지영 작가가 취조당하는 것 같아서 마음이 쓰였다"고 했다.

"서울에서 손님들이 오신다고 하니까, 우리 배지영 작가의 면을 세워주려고 왔어요."

이숙자씨는 물가에 내놓은 새끼를 저만큼에서 지켜보다가 보호하려고 뛰어든 어미처럼 말했다. 차를 따르면서 "상주작가와 한길문고가 있어서 제 인생이 얼마나 풍요로워졌는지 몰라요"라고 마음을 드러냈다. 정말이지 멋있었다.

오랫동안 우정을 쌓아온 사이처럼 보이는 이숙자씨와 나는 만난 지 겨우 2개월째였다. 하필이면 내가 쉬는 어느 수요일, 한길문고 직원 정민씨가 "상주작가 만나고 싶다는 분이 너무 간절하게 말씀하시는데 어떡할까요?"라고 전화로 물었다. 그날 저녁 7시 5분에 한길문고로 출근했다.

"나이를 먹다 보면, '내가 이 자리에 있어야 하나?' 항상 조심스러운 게 있어요. 진짜 큰 용기를 내서 한길문고에 왔습니다. 나는 이제 머뭇거릴 시간이 없거든요."

처음 만나는 자리에서 이숙자씨는 말했다. 1944년생이라고 했다. 그녀는 50대에 서울에서 직장 다니는 딸을 대신해서 7년간 손주를 키웠다. 그러면서도 대학을 졸업하고, 대학원 공부를 했다. 동양화를 꾸준히 그렸고, 수를 놓았다.

지난 2월, 이숙자씨는 자주 가는 뜨개방에서 "한길문고에서 어떤 작가가 글을 가르쳐준다네요"라는 소문을 들었다. 흘려들을 수 없는, 가슴이 뜨거워지는 말이었다. 이숙자씨의 일상을 흔드는, 도저히 지나칠 수 없는 말이었다.

산길에서 만나는 풀과 꽃에게도 "1년 동안 잘 있다가 나하고 다시 만나는구나"라고 말을 건네는 이숙자씨에겐 문학의 세계를 즐기고 싶은 마음이 항상 있었다. 작가가 되기 위해서가 아니라, 이제는 당신의 삶을 정리하기 위해서 글쓰기가 필요하다는 생각을 품고 있었다.

마침 한길문고에서 '에세이 쓰기 2기' 수업을 열 예정이었다. 이숙자씨는 "신청할게요"라고 했다. 미리 글을 써서 메신저 단체방에 숙제로 내야 한다니까 컴퓨터로 글을 쓰겠다고 했다. 그날 나는 이숙자씨에게 『인생에서 너무 늦은 때란 없습니다』라는 책을 권했다. 일흔여섯 살부터 백한 살까지 그림을 그린 미국의 화가 모지스 할머니 이야기를.

육아와 살림, 직장생활에 치이면서도 "에세이 쓰기 수업에 참여하고 싶다"는 욕망을 억누르지 않고 찾아온 사람들은 열네 명. 바라던 일을 시작한 사람들 속에서 나도 에너지를 얻었다. 더구나 한길문고에 맨 먼저 온 이숙자씨는 매화꽃과 '대홍포'라는 차를 준비해서 분위기를 근사하게 만들어주었다.

"내가 나눌 수 있는 것은 항상 차예요. 사람들한테 차 나눔을 많이 하죠. 먼저 가서 꽃 한 송이라도 놓고, 분위기를 만들어야지요. 작가님이 너무 좋아하니까 내가 다 기쁘더라고요."

우리는 이숙자씨 덕분에 봄이 오면 매화꽃을 앞에 두고 차를 마셔야 한다는 걸 알았다. 화전 부치는 사진도 실시간으로 감상하게 해주는 이숙자씨는 젊은 사람들 속에서 어른 대접을 받으려고 하지 않았다. 생활 속에서 다도를 연마해왔기 때문에 말과 행동에는 기품이 배어 있었다.

"차를 마시면서 24시간을 보낼 수는 없잖아요. 그래서 공부하죠. 특히나 글을 읽으면 삶을 이해하고, 그 사람과 가까워져요. 글로 자기 삶을 진솔하게 내보일 수도 있고, 또 자신의 정신세계를 풍요롭게 하기 때문에 외롭지가 않잖아요. 나는 댓글 올리는 것도 조심스러운데, 젊은 선생님들이 다 받아주니깐 이렇게 속을 열어 보이게 되네요."

한 사람을 지탱해주는 일상에 누군가를 들이는 건 쉽지 않다. 그러나 이숙자씨는 당신의 생활을 재정비하고 서점에서 만나는 사람들에게 곁을 내주었다. 컴퓨터로 글을 써서 메신저 단체방에 올리고, 책을 읽고 자기 얘기를 하는 북클럽에 참여한다. 서점에서 여는 작가 강연회에도 빠지지 않고 참석한다.

4월 17일 오후 5시, 한길문고에서는 나태주 시인 강연회를 열었다. 먼저 조명을 어둡게 하고, 음악을 켜고는 시낭송 시간을 가졌다. 서점에 모인 100여 명의 사람들 가슴이 일제히 말랑말랑해지는 게 느껴졌다. "너무 떨려요"라고 하면서도 중고등학생들은, 평범한 시민들은, 앞에 나가서 시를 읽었다. 이숙자씨도 무대에 올라서 시를 낭독했다.

굉장했다. 원하던 게임 카드를 '득템'한 아이처럼 내 얼굴은 해사해졌다. 서점에서 시 낭독회를 한다면 보나마나 재밌을 것 같았다. 나태주 시인의 시를 읽는 사람이 드라마 속의 잘생긴 배우가 아니어도, 시를 낭독하는 사람들의 모습은 특별했다. 자세히 안 봐도 예뻤다. 오래 안 봐도 사랑스러웠다.

맨 뒤에 서 있던 나는 강연장과 서가를 훑어보면서 한길문고 문지영 대표를 찾았다. "서점에서 동네 사람들끼리 시 낭독만 해도 근사할 것 같아요"라고 말했다. 아, 소름! 문지영 대표도 사람들이 용기를 내서 무대에 올라 시를 읽을 때에 나랑 똑같은 생각을 했다고 한다.

'작가와 함께하는 작은서점 지원사업'은 5월까지 하고 끝난다.
지구역사상 처음 시작한 이 프로젝트는 사람들을 서점으로 불러
모으고 있다. 그렇게 드나들게 된 사람들은 SNS에서, 카페에서, 뜨
개방에서, 동네서점에서 벌인 일들을 얘기한다. 그 덕분에 한길문
고에 오게 된 이숙자씨는 말했다.

"항상 마음 안에 글을 쓰고 살았습니다. 배지영 작가님을 만나
그걸 조금씩 꺼내 보며 참 즐겁습니다."

'똥꼬의 공격'을 견디며
책 읽는 아이들

어린이의 신체 부위에서 가장 심술궂은 곳은 '똥꼬'다. 어린이가 재미있게 노는 꼴을 못 본다. 피구를 할 때도, 플라잉 디스크를 날릴 때도, 레고를 맞출 때도, 딱지를 칠 때도, 포켓몬 카드 게임을 할 때도, 모처럼 마음잡고 책을 읽을 때도 똥꼬는 활약한다. 어린이의 팬티를 야금야금 먹어버린다.

어린이는 똥꼬의 공격을 견디며 깨닫는다. 찝찝한 간지럼을 참다 보면 고통만 남는다는 것을. 어린이로 성장한 이상, 아기 때처럼 무조건 울 수만은 없다는 것을. 눈치 보지 않고 맞서 싸워야 한다는 것을. 어린이는 하던 일을 멈추고 똑바로 선다. 똥꼬가 먹어버린 팬티를 재빨리 구해낸다.

"1시간 동안은 절대로 못 앉아 있어. 똥꼬에 팬티가 낀다고요."

'엉덩이로 책 읽기 대회'에 처음으로 참가하는 초등학교 남학생 세 명이 나한테 말했다. 독서를 가로막는 가장 강력한 적이 똥꼬라고 간파한 참가자들은 뜻밖에도 의연해 보였다. 다가올 적의 공격에 어떤 두려움도 느끼지 않는 것 같았다. 생글생글 웃으면서 말했다.

"그래도 엄마가 심사위원이니까 나랑 시후랑 지후랑(우리 윗집 사는 형제)은 봐줄 거지?"

"놉!"

5월 5일 어린이날. 군산 한길문고에 모인 어린이들은 먼저 할 일이 있었다. 1시간 동안 움직이지 않고 책을 읽기 위해서 오줌을 누고, 물을 마시고, 또 오줌을 누러 갔다 왔다. 엄격한 대회를 추구하지만 어린이날이라는 특수성을 먼저 헤아렸다. 우리는 오후 2시 7분에 '엉덩이로 책 읽기 대회'를 시작했다.

단언컨대 작고 평범한 내 눈에 레이더를 장착한 적은 없다. 하지만 책 읽기를 시작한 지 3분 만에 무언가를 감지하고 말았다. 창가 쪽에 앉은 어린이 두 명이 수상했다. 책을 읽어야 하는 임무를 가진 그 어린이들의 눈은 주위를 두리번거리고 있었다. 마치 엄마라도 찾는 눈빛이었다.

'뭐지? 초등학생이 아닌 것 같네. 유치원생들은 참가 자격 없는데 어떡해야 할까.'

그래도 '엉덩이로 책 읽기 대회'의 고유성을 지키는 게 먼저라고 판단했다. 어린이들이 의자에서 엉덩이를 떼는지만 살폈다. 맙소사! 10분쯤 지나자 '무자격 참가자'로 보이는 어린이 서너 명이 더 보였다. 나랑 눈을 마주치면 고개를 15도쯤 젖히면서 '힝, 봐주세요' 하는 표정을 지었다. 몸을 배배 꼬고, 목이 너무 마렵다고도 했다.

정의를 세워야 한다. 하지만 세상에 온 지 몇 년밖에 안 된 어린이들에게 상처를 주는 악역을 맡기도 싫다. 나는 대회장 바깥의 서가에 있는 한길문고 문지영 대표를 찾아갔다. 어떻게 해야 하는지 물어봤다. 서점에 찾아와준 사람들 덕분에 너무나 행복해 보이는 문지영 대표는 말했다.

"으하하하! 어린이날이니까 그냥 넘어가자. 좋잖아."

냉철한 심사위원 역할을 포기한 나한테 젊은 아버지가 다가왔다. 그는 서점 입구의 벤치를 가리켰다. 젊은 어머니와 초등학교 3, 4학년으로 보이는 아이가 책을 읽고 있었다. 그 자리에서 계속 책을 읽고 있다고 했다. '엉덩이로 책 읽기 대회'에 신청은 못 했지만, 지금이라도 같이할 수 있겠느냐고 물었다. 정중한 태도였다.

원래는 안 된다. 선착순 서른 명인데 책 읽고 있는 어린이는 서른세 명이다. 자리도 없다. 그런데 이 특별한 날에 서점까지 온 어린이가 상처 입는다면 그건 누구의 책임일까. 한길문고 상주작가라면 책 읽는 어린이를 '모셔야' 하는 게 도리겠지. 노트북과 가방을 치우고 내 자리에 앉게 했다.

엉덩이를 움직이지 못하는 아이들은 새로운 신호 체계를 만들었다. 머리에 책을 얹는 건 다 읽었다는 뜻이었다. 손가락 열 개를 쫙 펴서 하나씩 접는 건 몇 분 남았냐는 질문이었다. 의자 끄트머리에 엉덩이를 걸치는 건 똥꼬가 팬티를 먹어서 간지럽다는 신호였다. 한 손으로 목을 잡고 혀를 내미는 건 너무나도 물을 마시고 싶다는 몸부림이었다.

그 순간, 의문에 사로잡혔다. '엉덩이로 책 읽기 대회'에 흐르는 지나친 긴장감은 좋은 건가? 재미랑 멀어져서 별로인 것 같았다. 학교에서 쉬는 시간이 있는 것처럼 어린이들에게 시간을 주었다. 약 10초간만. 기지개를 켜라고도 하고, 똥꼬가 먹은 팬티도 일어서서 꺼내라고 했다. "물 마시고 싶은 사람?" 물었더니 열 명쯤 되는 아이들이 손을 들었다.

문지영 대표는 물병과 컵을 들고 대회장 안으로 난입했다. 꼴딱 꼴딱 꼴딱. 아이들이 한꺼번에 물 마시는 소리가 통쾌했다. 나는 그 틈을 이용해서 왕파리를 쫓아냈다. 왕파리는 어떤 억하심정이 있는지 한 어린이의 머리 위에서만 맴돌고 있었다.

"7. 6. 5. 4. 3. 2. 1. 땡!"

아이들은 끝나기 직전에 카운트다운을 같이 셌다. '무자격 참가자'들은 끝나자마자 엄마들한테 자랑하러 갔다가 오고, 자격을 갖춘 참가자들은 들고 온 책을 정리하고는 물끄러미 나와 문지영 대표를 쳐다보고 있었다. 1시간 동안 책을 읽었다고, 최저시급 상품권을 늠름하게 요구하는 자세였다.

"와! 근데 왜 상품권 가격이 크리스마스 때랑 달라요?"
"최저시급이 올라서 그래요. 1년에 한 번씩 오르는 거예요."
"내년에도요?"
"그럴걸!"

상품권을 받은 아이들은 숨바꼭질을 하는 것처럼 서가와 문구 코너로 사라지지 않았다. 1시간 동안 책을 읽고 나더니 '황금 보기를 돌같이 하라'를 깨우쳐버린 것 같았다. 최저시급 상품권을 고이 들고 서점 안쪽에 차려놓은 다도 체험장으로 갔다.

전통차 예절 교육을 하는 정은아씨는 아이들에게 방석에 앉는 법부터 알려주었다. 금세 잠잠해진 아이들에게 차 마시는 도구를 설명했다. 주전자처럼 생긴 건 탕관, 대포 모양같이 생긴 거는 다관, 물 식힘 그릇 숙우, 차를 담아놓은 차호, 찻잔을 데운 물이나 남은 차를 버리는 그릇은 퇴수기였다.

정은아씨는 차 우리는 모습을 느린 영상처럼 보여주었다. 차를 다 우린 그녀는 "친구들이 보기에 너무 느릴 것 같아서 속도를 빠르게 했어요"라고 했다. 뒷자리에서 달팽이보다 더 느린 것 같다고 평가했던 아이가 "헐!" 하면서 자기 입을 막았다.

아이들은 녹차 중에서 가장 으뜸으로 치는 우전차와 다식을 받았다. 그때까지 우아하게 잘 참았던 아이들은 다식으로 나온 떡을 조물조물하고, 방울토마토는 싫다고 옆자리 아이에게 떠넘기고, 우전차를 먼저 '원샷'해버리기도 했다.

"선생님이랑 같이 마셔야 해요. 허리 펴고, 양반 다리! 녹차를 마시면 노폐물이 빠져나가요. (양쪽 겨드랑이를 가리키며) 여기 숨구멍으로 빠져나가요. 정말 맛이 없으면 안 마셔도 괜찮아요. 근데 맛있을 거예요. 눈으로 보고 향을 느껴보세요."

우전차가 고구마처럼 달다는 아이들도, 진짜 맛없다는 아이들도 다도 체험이 끝나고는 똑같았다. 영화 〈이웃집 토토로〉에 나오는 새까만 먼지 귀신 '마크로 크로스케'처럼 순식간에 사라졌다. 무엇을 살 것인가. 아이들은 스스로 책을 읽어서 받은 최저시급 상품권을 들고 서가와 문구 코너를 찬찬히 훑어보며 걸어 다녔다.

세 번째 출산이지만
'생물학적 엄마'는 아닙니다

'10년 주기 출산설'을 믿는 사람은 우리 동서뿐이었다. 성심껏 나를 말렸다. "형님, 안 돼요. 여기서 늦둥이 낳으면 진짜 골병 들어요." 나는 1999년에 큰아이를 낳았고, 2009년에 작은아이를 낳았다. 어찌 됐든, 2019년은 출산의 해였다.

10년 주기를 의심하는 사람들은 날카로운 질문을 던지는 자신이 흐뭇한지 셋째 언제 낳을 거냐고 의기양양하게 물었다. 나는 일찍이 체 게바라를 좋아했던 사람, '우리 모두 리얼리스트가 되자. 그러나 마음속에는 불가능한 꿈을 갖자'를 기억하고 있다.

가능과 불가능의 경계. 폴짝 뛰어넘는 사람들이 있다. 투명 막처럼 그냥 통과해버리는 사람들도 있다. "헐! 저렇게 쉬웠어?" 주저했던 사람들은 마음과 몸의 자세를 가다듬고 경계 가까이로 가본다. 근사한 것들은 그 너머에 있다. 그걸 봐버린 사람들의 마음에는 저절로 시동이 걸린다.

'나도 글을 쓰고 싶다. 그런데 쓸 수 있을까?'

글쓰기의 경계 앞에서 서성이는 사람들을 포착할 수 있는 곳이 한길문고였다. 그 욕망을 모른 척하지 않는 게 상주작가의 일이겠지. 뭐라도. 특히 내 이야기를 쓰고 싶어 하는 사람들을 위해 '한길문고 에세이 쓰기'를 열었다. 언젠가는 그이들 책이 서점 매대에 눕는 날이 올 거라고 낙관하면서 시작했다.

군산은 작은 도시. '선착순 열 명'이라고 못 박은 문 앞에서 쾅쾅 두드리면 인정사정을 봐주는 곳. 에세이 쓰기 1기는 열네 명이서 시작했다. "하우 아 유? 파인 땡큐"만 할 줄 아는 사람, 영어 문장 100개를 외운 사람, 미국에서 3년 살다 온 사람이 모인 회화반 같았다. "뭐 써요?"라고 묻는 사람부터 단편소설처럼 글을 써오는 사람도 있었다.

"날카롭게 얘기해주세요. 블로그를 하고 있지만 아무도 글에 대해서는 지적을 안 해주잖아요. 진짜 잘 쓰고 싶어요."

에세이 쓰기 수업을 두 번째 하고 나서 들은 말이었다. 써온 글마다 "잘 썼어요"부터 말하는 나를 다그쳤다. 그 뒤로는 에세이 쓰기 회원들이 써온 글을 하나하나 첨삭해주면서 "전적으로 제 말을 믿으시면 안 됩니다"라고 했다. "제가 한 말도 의심하셔야 합니다"라고 꼭 덧붙였다.

에세이 쓰기를 하기 전에 나는 사람의 마음을 읽는 수련 같은 건 하지 않았다. 희한도 하지. '내 글은 왜 이렇게 못나 보이지?' 회원들이 가끔씩 하는 생각들이 눈에 보였다. 막다른 곳에 이르면 길은 두 가지다. 벽을 뚫고서라도 앞으로 나아가든지, 그만두든지.

열네 명이 시작한 에세이 쓰기는 일곱 명만 남았다. 원래 글을 잘 쓰는 회원들도 있었다. 하지만 지인을 따라온 회원도, 한글 자판을 칠 줄 모르는 회원도, 에세이보다는 일기에 가까운 글을 쓰는 회원도 비슷한 높이의 능선에 오르는 데 다섯 달쯤 걸렸다. 겨울이 긴 군산은 여전히 추울 때였다.

"왜 나는 안 받아줍니까?"

한길문고에 항의전화가 걸려오곤 했다. 똑같은 상주작가 프로그램인데 북클럽은 사람이 많아도 조르면 가입할 수 있었다. 일주일에 두 번은 '읽고 쓰는 사람들을 위한 고민상담소'에 올 수 있었다. 에세이 쓰기는 왜 안 되느냐고 의아하게 여기는 사람들이 물어온 거였다. 앙심(?)을 품은 사람들을 세보니까 모두 해서 아홉 명.

사람은 흔들리면 옛날 일까지 끄집어낸다. 나는 수십 년 전에 우리 동네 아짐들이 또랑에서 걸레 빨면서 주고받던 말을 생각했다. "죽으믄 썩을 놈의 몸. 애껴도 별것 없씨야." 아짐들은 초봄의 바람이 매울 때도, 땡볕이 내리쬐고 찜통 같은 훈기가 바닥에서 올라올 때도, 가을 모기가 달겨들 때도 웅크리고 밭을 맸다.

에세이 쓰기 수업을 늘린다고 해서 노트북 자판을 치는 상주작가 손가락이 부러지거나 노안이 앞당겨오지는 않겠지. SNS에 안내문을 올렸다. 숙제를 잘해 오겠느냐는 질문에 "그렇습니다!"라고 대답한 사람들은 모두 열다섯 명. 3월부터 '한길문고 에세이 쓰기 2기'를 시작했다.

군산과 이웃한 도시 익산에 사는 회원도 두 명이라서 밤 10시에 수업이 끝나면 서둘러 가야 했다. 그런데 30대부터 70대까지 다양한 연령대의 회원들은 끝나고 나면 가방을 느리게 쌌다. 각자 써온 글을 읽고 합평한 여운을 즐기느라고 서점에서 머뭇거리고는 천천히 돌아갔다.

개인적인 이야기를 썼을 뿐인데, 공감을 받고 서로에게 좋은 영향을 주는 게 보였다. 한길문고 귀퉁이에서 시작한 글쓰기가 세상으로 나가서 독자를 만나도 될 것 같았다. 나는 에세이 쓰기 회원들에게 여기저기 매체에 글을 보내보라고 했다. 거기는 벼랑이 아니라고, 선들바람이 부는 너른 들판에는 큰 나무 그늘이 있을 거라고 등을 떠밀었다.

카페 '음악 이야기'를 하는 이현웅씨가 먼저 오마이뉴스에 글을 보냈다. 포털에 걸린 글에는 셀 수 없이 많은 악플이 달렸다. 공포영화를 보는 것처럼 나는 두 손으로 얼굴을 가렸다. 반응이 궁금해서 눈만 보이게 손가락을 벌렸지만 다 읽을 수 없었다. 그런데 이현웅씨는 독자들이 시간을 들여서 써준 글을 소중하게 여기며 싹 읽었다고 한다.

"1,000개 정도의 댓글 중에서 50개 정도는 다음 편이 기대된다고 하더라고요. 내가 세상에 책을 내놨을 때 5%는 공감해준다는 거잖아요. 그중에서도 '이건 에세이네!'라고 한 댓글이 좋았어요. 내 글을 알아봐주는 거니까요."

그토록 많은 댓글 앞에서 에세이 쓰기 회원들은 뒷걸음쳤다. 두 근대고 오그라든 심장은 시간이 지나니까 말랑말랑해졌다. '내 글에 저런 댓글이 달리면 어떨까?' 상상도 해봤단다. 견딜 수 있을 것 같은 회원들이 뒤이어 글을 보냈다. 댓글이 안 달리면, 독자들이 아무 말도 걸어주지 않는 것 같아서 서운한 기분이 든다고도 했다.

에세이 쓰기 회원들은 글을 쓰면서 알아갔다. 아기 셋 낳고 기르고 산 10년 세월도 헛되지 않았다는 것을. 어느 때는 생각만 해도 한숨이 나오는 친정엄마나 남편과도 글을 쓰고 나니 비로소 화해할 수 있다는 것을. 사소한 것들의 아름다움을 발견하고, 못나보일 때도 많은 자신을 사랑하고 아끼게 됐다는 것을.

지금은 모두 열두 명의 회원들이 브런치나 오마이뉴스에 글을 보내고 있다. 세상에 글을 보내기 위해 마지막 용기를 모으는 회원도 있다. 백만 원에 가까운 원고료를 받은 이현웅씨는 기어이 재력 자랑을 하느라 밥을 샀다.

"우리 중에서 누가 먼저 책을 낼까요?"
앞날을 내다보는 이야기를 들을 때마다 나는 젊어졌다. 백일도 안 됐는데 아기가 뒤집었어요, 오늘은 배밀이 했어요, 짚고 섰어요, 맘마라고 했어요. 세 발짝 걸었어요. 라고 자랑하던 시절로 돌아갔다. "우리 에세이 쓰기 회원들이 글을 이렇게 잘 썼습니다." 페이스북에 글을 한 편씩 꼼꼼하게 올렸다. 아무나 붙잡고 막 알려주고 싶었다.

두 달 전에 '작가와 함께하는 작은서점 지원사업'은 끝났다. 에세이 쓰기 회원들은 여전히 원고 마감을 정하고 글을 쓴다. 2주에 한 번씩 한길문고에 모여서 합평을 한다. '내가 잘 쓰고 있나?' 의심하면서도 포기하지 않는다.

"옳다구나, 사치할 기회구나!"
얼마 전에 에세이 쓰기 1기 회원들은 서점에 떡을 돌렸다. 한길문고가 '작가와 함께하는 작은서점 지원사업'에 다시 선정됐기 때문이다. 아장아장 걸으면서 첫 생일 떡을 나눠주는 아기 같은 사람들을 보며 나는 다시 젊은 엄마 마음이 됐다. 주어와 서술어가 호응하지 않는 문장을 써와도 시간을 들여서 보살펴주고 싶었다.

어찌 됐든 올해는 출산의 해. 8월부터 한길문고 에세이 쓰기 3기를 시작한다.

작가님의 도시는
참 다정하고 위엄 있네요

지난해 여름까지는 서간도 통화현에서 '으뜸 고운' 사람이 누구인지 관심 없었다. 첫날밤에 서방님한테 '각시가 나이 많아서 싫소? 박색이라 싫소?'라고 묻던 강주룡, 비어 있는 이부자리를 팡팡 두드리며 어서 들어오라던 강주룡 덕분에 골몰했다. 누구도 묻지 않았지만 말하고 싶었다. 나한테 으뜸 고운 작가는 『체공녀 강주룡』을 쓴 박서련 작가라고.

한길문고 에세이 쓰기 시간이든, 북클럽 시간이든 『체공녀 강주룡』 얘기를 꽤 했다. 사람들은 좋은 작품을 읽게 되어서 기쁘다고 했다. 나처럼 작가에 대한 팬심이 생긴 사람들도 있었다. 오,

예! '작가와 함께하는 작은서점 지원사업'을 준비하면서 박서련 작가에게 가장 먼저 전화 걸 명분이 생겼다.

박서련 작가와 통화할 때 나는 완전 바보 같았다. "군산의 작은서점인 예스트서점과 우리문고에 와주세요"라는 말을 똑바로 못하고 횡설수설했다. 정말이지, 삭제키를 눌러버리고 싶은 순간이었다. 다행히도 우리에게는 이메일과 카톡이 있었다. 글을 읽고서야 내 말을 제대로 이해한 박서련 작가는 답장을 보내왔다.

제안해주셔서 감사합니다! 기꺼운 마음으로 참여하겠습니다.^^ 군산은 늘 가보고 싶은 도시였는데 멋진 계기가 생겨서 기쁩니다. 알찬 이야기를 준비해보겠습니다.

지난해 11월부터 7개월간은 작은서점 작가 강연회를 매주 토요일 오후 3시에 했다. 직장에 다니는 사람들이 페이스북에 댓글을 달거나 따로 카톡을 보내왔다. "평일 저녁에 강연회를 열어주세요." 주말에는 밀린 일도 하고, 경조사도 챙기고, 아이들을 데리고 가까운 데라도 다녀와야 한다는 사정을 털어놨다.

다시 시작하는 작은서점 작가 강연회는 평일 오전과 저녁에 한다. 수도권에서 꼭두새벽에 집을 나서서 대중교통을 타면 오전

10시 반까지 군산에 못 온다는 작가도 있었다. 제주도보다, 오사카보다 더 먼 곳이 지방소도시일 수도 있다는 걸 절감한 나는 조마조마한 마음으로 박서련 작가에게 카톡을 보냈다. 답장은 명쾌했다.

"내일 늦지 않게 가겠습니다."
"여기는 작은 도시라서 지각하셔도 독자들이 막 웃으면서 기다립니다."

8월 7일 수요일 오전. 박서련 작가는 강연 시간보다 15분 먼저 군산 예스트서점에 도착했다. '늘 가보고 싶은 도시'라는 말은 진짜였다. 친구와 함께 전날 도착해서 원도심에도 가보고 하룻밤 묵었다고 했다. 책을 읽고 온 독자들은 소설 속 주룡을 대하듯 박서련 작가를 다정하고 뜨겁게 바라봤다.

점심을 먹은 박서련 작가는 철길마을을 비롯한 군산의 이곳저곳을 돌아보고는 저녁에 우리문고로 왔다. 오전과 똑같이 토크박스를 이용한 강연이었다. 참석한 독자가 다르고, 질문도 달라지니까 작가가 들려주는 이야기도 새로웠다. 밤이라서 그런지 더 깊게 사람들 마음에 스며드는 것 같았다.

끝나고 나니까 밤 9시쯤 됐다. 서울 가는 버스는 11시까지 있지만 서둘렀다. 나는 박서련 작가와 친구를 배웅하기 위해 차를 몰았다. 터미널로 바로 가지 않아도 괜찮았다. 이 사랑스러운 작가는 게스트하우스에 2박을 예약하고 군산에 온 거였다.

8월 9일에는 한길문고에서 정유정 작가의 『진이, 지니』 북콘서트를 했다. 군산 같은 작은 도시에서는 좀처럼 일어나지 않는 일. 눈덩이처럼 소문이 커져서 서점에 독자들이 꽉 들어차기만을 바랐다. 왜 하필 휴가철에 정유정 작가를 섭외했느냐는 원망을 듣기도 했지만, 날짜를 조정할 수 없었다. 그게 최선이었다.

딱 봐도 "서울 사람이다!"라는 느낌이 팍 오는 권나윤씨였다. 그녀는 『소년의 레시피』를 읽고 다정한 서평을 써준 독자였다. 우리는 가끔 안부를 물었고, 우정을 나누는 사이로 발전했다. 일부러 군산에 오기도 하는 나윤씨에게 정유정 작가 강연회를 알려주었다. 그날 하루 휴가를 내고, 최대 네 명이서 오겠다고 약속했다. 나윤씨는 강연회 하루 전날에 카톡을 보내왔다.
"작가님, 안녕하세요! 저희 내일 군산 가요!ㅎㅎㅎ 도착하자마자 계곡가든 갈끄예요.ㅋ"

간장게장으로 유명한 그곳은 군산 외곽에 있다. 나윤씨와 친구들은 밥부터 먹으러 갈 거라고 했다. '점심때쯤이면 고속버스터미널에 도착하겠지!'라고 생각한 나는 또 똥멍청이였다. 바쁘고 부지런하게 사는 서울 사람들의 생활 방식을 짐작조차 못하고 있었다.

나윤씨와 친구들이 군산에 도착한 때는 오전 10시. 식당은 택시로 14분 거리, 곧바로 꿈에 그리던 음식을 먹으러 갔다. 그러고는 치밀하게 작전 수행 중인 요원들처럼 군산 원도심의 신흥동 일본식 가옥(히로쓰 가옥)과 마리서사에 들렀다.

자동차 보닛에 달걀 후라이를 해도 될 만큼 뜨거운 한낮이었다. 확 들러붙는 습습한 더위 때문에 고초를 겪던 나윤씨와 친구들은 게스트하우스로 갔다. 일본식 정원의 나무 그늘에 몸을 기대거나 의자에 앉아 체크인을 기다리면서 나한테도 연락했다.

"군산 너무 덥고 좋아요!!!"

준비하는 사람들은 강연회 시작할 때까지 긴장한다. 신청하고도 사정이 생겨서 못 오는 사람이 많고, 주차하느라 5분쯤 지각하는 사람들도 제법 있기 때문이다. 그날은 500쪽이 넘는 정유정 작가의 『7년의 밤』을 읽고 1시간이나 먼저 온 아리울초등학교 김태은 학생 덕분에 마음이 놓였다. 잘될 것 같았다. 그러려고 독자들에게 줄 굿즈도 쌓아놓았다.

한길문고 문지영 대표가 준비한 건 유시민 작가 소주잔, 스마트폰 방수팩, 에코백, 필통, 머그컵 등이었다. 거기에다가 군산에서 유일하게 디제이가 음악을 틀어주는 카페 '음악 이야기'에서 한 달 동안 날마다 커피와 차를 마실 수 있는 쿠폰 여덟 장을 독자들에게 내놓았다. 시시한 문제를 유쾌하게 풀고 굿즈를 받은 사람들의 얼굴은 환했다.

정유정 작가는 사육사 인간 진이와 영장류인 보노보 지니의 교감 이야기를 풀어나갔다. 엄마 아빠를 따라서 곧장 유치원에서 서점으로 온 아이들만 지루해했다. 부모님 손을 끌고 자꾸 서가로 나갔다. 빈자리는 뒤늦게 온 사람들이 와서 앉았다. 준비한 의자 100개가 거의 꽉 찼다.

정유정 작가에게 이야기를 만드는 과정과 방법까지 미동도 않고 들은 사람들은 질문하려고 너나없이 손을 들었다. "왜 작가가 되었나요?" "동네서점에서 이렇게 유명한 작가를 만나는 게 너무 신기합니다" 같은 순박한 질문에도 정유정 작가는 답을 해주었다. 마침내 마이크를 잡고서 입을 떼려던 한 독자는 감격해서 울먹였다.

서울에서 온 나윤씨와 친구들은 질문할 기회를 끝내 얻지 못했다. 그래도 참 좋았다고, 한길문고에 오길 잘했다면서 사람들 틈에 서서 정유정 작가의 사인을 받았다. 그 여운을 음미하기 위해서 저녁만 간단히 먹고 게스트하우스로 돌아갔다. 다음 날 오전 6시에는 서울행 버스를 타야 하기도 했고.

작가님의 도시는 참 다정하고 멋지고 위엄 있는 곳이에요.

서울에 도착한 나윤씨는 카톡을 보내왔다. 코끝이 찡한 채로 나는 "ㅋㅋㅋ" 웃었다. 군산에 온 여행자들이 동국사나 신흥동 일본식 가옥 같은 원도심의 근대문화만 보고 가지 않기를, 한길문고와 동네서점에도 꼭 들렀다 가게 하고픈 내 야망이 무모하지 않다고 확인받은 기분이었다.

작가님,
우리 같이 산에 가요

본디 가볍고 잽싸다. 실체보다 먼저 사람들에게 스며든다. 무심한 사람들도 막 흔들어본다. 실금이 간 사람들의 마음을 억지로 벌린다. 그 틈을 비집고 들어가서 자리를 잡는다. 이것의 정체는 소문. 반듯한 서가로 둘러싸인 한길문고에도 민들레 홀씨처럼 날아들었다.

"그 사람은 책을 아주 많이 읽어요."

호감을 주는 이 소문의 주인공은 김준정씨. 월요일 오전마다 책 읽는 친구들과 '인문학 대피소'라는 독서모임을 한다고 했다. 밥벌이를 해야 하고, 운동할 시간을 따로 내야 하고, 책을 더 많이 읽고 싶은 준정씨는 아무리 늦게 자도 일찍 일어난다고 했다.

새벽에 런닝머신을 타며 『사피엔스』나 『실격당한 자들을 위한 변론』을 읽었던 준정씨를 2018년 11월에 만났다. "글을 좀 잘 쓰고 싶어서 왔어요." 그 말이 곧이곧대로 들리지 않았다. 자신을 낮추는 것 같았다. 어떤 글을 써올까? 당연히 나는 기대를 품었다.

때로 소문이라는 것은 얼마나 허망한가. 준정씨가 숙제로 낸 글을 읽으면서 혼잣말을 했다. "되게 겸손하시네. 초등학생 일기처럼 쓰셨어." 책을 많이 읽은 티가 안 났다. 필력은 안 늘어도 준정씨는 수업에 꼭 왔다. 쓸데없어 보여도, 같이 공부하는 선생님들을 웃기려는 드립은 매력 있었다. 무결석과 유머는 내가 추구하는 태도여서 그렇게 느꼈을지 모른다.

정성을 들인 만큼 나아지지 않는 글쓰기. 열네 명이서 시작한 '한길문고 에세이 쓰기 1기' 회원은 계절이 바뀌면서 절반으로 줄었다. 준정씨 글은 그때서야 사람들 마음에 가닿았다. 깡깡 언 땅을 뚫고 나온 새싹 같았다. 마침맞게 3월, 움츠리고 걷다 보면 봄볕을 받은 등이 따스했다.

아파트 대출 이자 50만 원과 상가임대료 150만 원을 버거워하면서도 어떻게든 자기 일을 꾸려가던 준정씨는 영화 〈소공녀〉를 보았다. 좋아하는 위스키와 담배를 포기하지 않기 위해서 월세방을 나온 주인공 '미소'에 대한 글을 썼다.

잘 곳이 필요한 미소는 달걀 한 판을 사들고 커다란 트렁크를 끌며 옛 친구들을 찾아간다. 궤도에 안착한 것처럼 보이는 친구들은 아파트에 살고, 대기업에 다니고, 가족이 있었다. 행복해 보이지는 않았다. 준정씨는 그 친구들에게서 자신을 보았다. 평생 남들 하는 대로 따라 살면서 한탄하기 싫으니까 결단했다.

18년째 학원에서 아이들 가르치는 일을 해왔는데 글 쓰는 일을 '연습'하기 위해서 우선 '그만두기'부터 하려고 한다. 앞에 몇 줄 읽어봐서 눈치챘겠지만 필력이라고 하면 우스운 이 솜씨로 말이다.

준정씨가 밥벌이를 완전히 접은 건 6월 1일이었다. 하필 나도 그날부터 백수가 됐다. "작가님, 산에 가요." 날마다 근육 운동을 하는 산악인 준정씨는 훅 치고 들어왔다. 히말라야에 끌고 갈 수도 있는 사람이 동네 뒷산에 가자고 했다. 마수를 피할 길이 없어서 내변산 남여치 산행에 따라나섰다.

나는 월명암으로 들어가기 전에 멍하니 서 있었다. 연두에서 초록으로 짙어지는 나뭇잎들이 산들바람에 흔들리는 게 청량했다.

준정씨는 스마트폰을 꺼내서 살랑살랑 이는 바람과 새 소리를 동영상으로 기록했다. 우리는 땀 흘린 뒤에 말개진 얼굴로 바위에 앉았다. 능선을 보며 차가운 캔맥주를 나눠 마셨다.

"뭐라고요? 한글 타자 못 친다고요? 몇 달 동안 에세이 숙제는 어떻게 쓴 거예요? 78년생인데 학교 다닐 때 레포트를 손글씨로 썼어요? 학원 업무 처리는 누가 대신 해준 거예요?"

젊은 사람에게 계속 질문을 퍼부으면 못나 보이는데 내가 준정씨한테 그러고 있었다. 디지털에 약하다고(한글 자판 치는 건 디지털이 아닙니다만) 쿨하게 말하던 준정씨는 백수 된 김에 컴퓨터 학원에 다니고 있다. 그녀 삶의 루틴인 근육 운동, 책 읽기, 글쓰기, 등산에 디지털 수련 활동이 추가되었다.

오랫동안 생업에 종사한 사람들은, 밥벌이가 빠진 일상에서 바로 균형을 잡지 못한다. 미뤄두었던 취미 생활을 하고 여행을 다니면서도 별안간 시무룩해진다. 주어진 자유를 손에 쥐고도 안절부절못하다가 스스로에게 질문하는 순간이 온다. "놀면 뭐 하냐?" 새로운 일거리를 돌파구로 삼으면서 힘을 낸다.

준정씨는 '16년간 온갖 인맥을 쌓아온 쓸쓸 김병만 선생'보다 2년 더 수학을 가르쳤던 사람. 한길문고에서 젊은 엄마들에게 '수학 복근 키우는 공부법'이라는 강연을 했다. 수학 문제 풀어주는 앱을 알려주면서 아이들에게 숟가락으로 밥 떠먹이듯 가르치지 말라고, 모르는 문제는 풀이 과정을 그대로 써보게 하라고 권했다.

내 것으로 여기지 않았던 '저녁이 있는 삶'. 준정씨는 해 질 녘이면 슬리퍼를 끌고 동네를 거닐었다. 불과 몇 달 전 일이니까. 입시학원에서 일하던 때도 생생했다. 학교 마치고 온 학생들과 문제지를 사이에 두고 치열하게 일했던 저녁 시간으로 돌아가고 싶지는 않았다. 단지, 자신이 인생의 어느 시간대에 서 있는지 자주 가늠해봤다.

"지금이 나에게도 그런 시간이다. 18년간 해오던 일을 정리한 이 시간이 하루의 해가 지는 저녁같이 느껴진다. 아직 내일을 본격적으로 준비하기에는 이르고 그저 하루를 잘 마무리했다는 안도감을 가지는 데 집중해야 할 것 같은 시간."

작가 강연회는 저녁밥을 차려 먹고, 읽던 책을 마저 읽고, 글을 쓰고, 잠자리에 드는 준정씨에게 활력을 주는 것 중 하나. 한길문고와 우리문고, 예스트서점에서 진행하는 강연회에 꾸준하게 참석했다. 앞자리에 앉아서 작가와 눈을 마주치고 메모를 했다. 강연회를 빛내기 위해서 태어난 사람처럼 몰입했다.

문제는 준정씨와 따로 노는 그녀의 울음 경보기. 『빈센트, 나의 빈센트』를 쓴 정여울 작가가 '자기 내면의 희열을 따르라Follow your bliss'고 한 말을 되새기며 울먹였다. 『체공녀 강주룡』을 쓴 박서련 작가가 '생활'은 사치이고 '생존'만이 필요했던 시절을 들려주자 목이 멘 채로 질문을 하다가 눈물을 쏟았다.

글을 쓴다는 것, 작가가 된다는 것. 그저 꿈으로만 남아 있을 줄 알았다. 애초에 대단한 결심 따위는 필요 없는 것이었을까? 한참을 울고 나니 머릿속이 맑게 갠다.

준정씨는 짧게라도 강연 후기를 남겼다. 노트북 자판도 완전히 익혀서 자유자재로 글을 쓴다. 자기관리가 철저한 것 같아도, 혼자 술을 자주 마시고, 잘 울고, 화도 잘 내는 사람이라는 것도 드러낸다. 글을 쓰고 나면, 질퍽거리는 감정에 빠지거나 끌려다니지 않아서 좋다고 했다.

읽고 쓰며 다시 인생의 성장기에 들어선 사람을 지켜보는 일은 뿌듯하다. 말이 안 되는 소리를 해도 경청한다. 그런 자세 때문에 준정씨의 계략에 걸려들고 말았다. 눈도 안 떠지는 새벽에 일어나서 지리산에 간 거다. 성삼재부터 7시간을 걸어서 피아골로 오는 코스. 다리가 풀릴 뻔했지만 무사히 내려왔다. 산행도 글쓰기처럼 자기 힘으로 끝마치는 거였다.

작가님, 대각산 월영봉에서 보는 달빛이 눈을 시리게 할 정도로 밝다네요(또 작업하는 중).

지리산 다녀오고 사흘 뒤에 준정씨는 카톡을 보내왔다. 나는 온 삭신이 아파서 똥 싼 바지 입은 사람처럼 걷는 중이었다. "싫어요"라고 거절하면 되는데 그 말이 안 나왔다.

준정씨는 10월에 지적장애인들과 같이 히말라야에 간다. 여름 내내 격주로 훈련했고 그 과정을 글로 썼다. 멀고 웅장하고 높은 산에 갔다 와서는 더 유쾌하고 속 깊은 글을 쓰게 되겠지. 그러니 달빛 산행을 할 것인지 말 것인지는 '히말라야 희망 원정기'를 읽은 뒤에 결정하자.

STORY 2

내 책을 쓰고
싶다는 마음

오랫동안 잊고 지냈던 꿈은 즉석밥 같다. 전자레인지에 2, 3분 돌리면 갓 지은 밥이 되는 것처럼, 어떤 자극을 받고 나서는 생물처럼 꿈틀댄다. 먼지를 뒤집어쓴 채로 딱딱하게 굳어 있던 수십 년 전의 열망은 몽글몽글해진다.

이현웅씨에게도 그런 순간이 왔다. 음악 술집을 운영하는 이가 쓴 17년 분투기를 읽을 때였다. 혼자 가꾸다 내버려둔 그의 꿈이 갑자기 형체를 띠고 다가오는 것 같았다. 마침 현웅씨도 '음악 이야기'라는 카페를 시작한 참이었다. 그는 긴 글을 썼다. 페이스북에 한 편씩 올릴 때마다 열렬하게 공감하는 댓글이 달렸다.

현웅씨와 나는 '랜선 친구'였다. 같은 도시에 살지만 실싸로 마주칠 일은 없었다. 그러나 2018년 11월, 우리는 한길문고에서 만났다. '글을 잘 쓰고 싶다'는 마음이 간절했던 현웅씨는 카페 영업시간에 서점으로 왔다. 빤할 수도 있는, 상주작가의 글쓰기 강의에 귀를 기울였다.

"다른 거 다 놔두고, 글에서 한 것, 본 것, 느낀 것, 생각한 것, 말한 것, 들은 것, 기타 중에서 '어떤 놈이 제일 나쁜 놈이냐?' 그 말이 확 와닿았죠. 지금까지 내가 썼던 글을 보니까 '~했다'는 걸로 나열을 해서 많이 썼더라고요. 다 나쁜 놈들인 거야."

'내 책을 쓰고 싶다'는 욕망을 외면하지 않은 남자. 현웅씨는 자신의 일상이 흐트러져도 괜찮은가를 생각해봤다. 깊은 밤까지 카페에서 음악방송 디제이를 하고, 퇴근하고는 글을 쓰고, 해 뜨는 시간에야 잠자리에 드는 생활. 그는 격주 화요일마다 두세 시간만 자고 일어나서 한길문고에 오기로 했다. 에세이 쓰기 1기 회원이 되었다.

서점 한켠에 앉은 현웅씨는 난감했다. 고등학생이던 어느 날, 조퇴를 하고 탔던 버스가 떠올랐다. 하필 어느 여학교의 시험 기간이어서 여학생들만 있었다. 버스 안에서 어떤 자세로 서 있어야 하는지. 눈을 어디로 둬야 하는지 모르는 현웅 학생은 목적지까지 가지 못했다. 얼마 안 가서 내려버렸다. 에세이 쓰기 모임도 여성들뿐이었다.

"버스에서 내릴까 말까 망설이던 그때 마음하고 똑같았어요. 그래도 수업에 오면 배우는 게 많았어요. 일단 제 글에는 복문이 많다는 걸 알았어요. 접속사도 엄청나게 많이 썼고요. 불필요한 부분을 쳐내고, 문단의 위치도 바꾸면서 글이 심플해졌어요. 40여 년 동안 그런 걸 한 번도 의식하지 않고 써왔던 거예요."

현웅씨는 시골에서 눈에 띄는 아이였다. 누가 가르쳐주지 않아도 혼자서 한글을 깨우치고는 열 살 많은 형의 교과서를 읽었다. '미래의 장관님'이라고 부르는 동네 어른들의 기대를 배반하지도 않았다. 또래 친구들보다 책을 많이 읽고, 예의 바르고, 학교 공부를 잘하는 중학생으로 컸다.

책으로만 읽었던 상실을 직접 겪게 된 건 중학교 2학년 때. 아버지가 돌아가셨다. 소년은 자신의 빛나는 미래가 뿌리까지 완전히 뽑혀버린 것 같았다. 느닷없이 전혀 다른 세계에 내던져진 것처럼 외롭고 불안하고 막막했다.

"너무 슬퍼가지고 공부를 할 수가 없었어요. 그때부터 한 달에 한 권씩 대학노트에 글을 썼어요."

  현웅씨는 글을 써서 신춘문예에 도전하는 어른이 되었다. 결혼을 하고, 아기 아빠가 되니까 먹고사는 게 먼저였다. 뒷전으로 미뤄도 되는 게 글쓰기였다. 그러나 헛헛했다. 현웅씨는 자꾸 뒤돌아봤다. 제쳐놓은, 책을 쓰겠다는 꿈이 신경 쓰였다. 긴 세월을 돌고돌아 에세이 쓰기 수업이라는 기회가 주어졌다. 그는 A4 7장 넘게 쓴 글도 숙제로 냈다.

  나는 처음에 현웅씨의 글을 읽으면서 '잘 쓰시네. 왜 수업에 나오는 거지?'라고 생각했다. 일기처럼 글을 쓰던 에세이 동료 준정씨는 현웅씨의 글을 읽고 나면 '나는 너희와 달라'라고 하는 게 느껴졌단다. 숙제를 모범적으로 하면서 눈에 띄게 성장하던 은경씨는 베레모를 쓰고 다니는 현웅씨의 중후함에 짓눌려서 선뜻 말 걸기가 어려웠단다.

  드러내놓고 자기 이야기를 쓰게 되는 에세이. 내 글을 읽어주는 사람한테는 특별함을 느낀다. 친밀한 사이로 발전한다. 친구 따라서 에세이 쓰기 수업에 왔지만, 낙오하지 않고 끝까지 버티며 글을 쓰는 숙경씨는 "세 아이 낳고 육아로 10년 보내느라 맞춤법도 가끔 헷갈려요. 근데 사실 저 국문과 나왔어요"라는 고백을 했다. 현웅씨도 한 가지를 실토했다.

중학교 시절 내내 '글 잘 쓰는 학생'이라는 인정을 받고 백일장에 나갔지만 상을 받은 적은 없었단다. 고등학생이 되고 나서는 『테스』를 읽고 독후감을 써서 발표하는 대회에 나갔다. 그가 "테스가 처녀성을 잃고……"라고 읽자 야하다고 생각한 학생들은 함성을 질렀다. 그날 탄 동상이 글을 써서 탄 유일한 상이었다.

"선생님들이 항상 그러셨어요. 제 글은 다 좋은데 띄어쓰기가 문제라고요. 저는 진짜 너무 많이 붙여 썼거든요."

안타까운 사연이었다. 시간을 되돌릴 수 있다면, 교복을 입은 현웅 학생에게 가서 스마트폰을 건네주고 싶었다. 띄어쓰기 애플리케이션이 있으니까 걱정하지 말고 글을 쓰라고 다독여주고 싶었다. 그러나 내 흠은 아무 말이나 던지면서 막 웃기고 싶은 것.

"일본식으로 썼네. 친일파야, 친일파."

술 취한 채 카페에 와서 무례한 요구를 하는 손님한테도 깍듯하게 대하는 현웅씨는 대꾸했다.

"아노(あの, 저기)……."

"으하하하!"

나는 지고도 웃었다. 패배자에게 쓰라림을 주지 않는 게 현웅씨의 매력이니까. 그가 이름 말고도 '웅언니', '옵하', '만담가' 등으로 불리는 이유이기도 했다.

현웅씨는 에세이 쓰기 동료들 중에서 가장 먼저 매체에 글을 쓰게 됐다. 〈매거진군산〉이라는 지역 월간지에 글을 쓰고, '그곳에 그 카페'라는 글을 오마이뉴스에 연재하고 있다. 브런치에서는 딸아이에게 보내는 편지를 쓰고 있다.

2019년 5월 31일. 현웅씨가 탄 '한길문고 에세이 쓰기 1기' 버스는 종점에 도착했다. 몇몇 사람은 먼저 내려서 자기 길을 갔다. 흩어지는 게 순리인 것 같았다. 그러나 남은 사람들끼리 글을 써서 가볼 수 있는 데까지 함께 가보자고 했다.

두 달 뒤, 한길문고는 '작가와 함께하는 작은서점 지원사업'에 다시 선정됐다. 현웅씨와 일행들 앞에는 에세이 쓰기라는 공식적인 버스가 다시 온 셈이었다. 그래서 현웅씨는 '내 글을 독자들이 읽어줄까? 좋아해줄까?' 의심하면서도 쓰는 사람이라는 자세를 잊지 않고 산다.

"저는 글 쓰고 말하는 걸로 내 남은 생을 살아갈 수밖에 없어요. 삶에 지친 사람들한테 도움을 줄 때 가장 행복하거든요. 그래서 카페에서 마음 상담소랑 독서모임도 했고요. 다만, 글을 쓰기 위해 생각하고 예열하는 시간이 부족해요. 지금부터라도 제가 가장 하고 싶은 일을 해야죠. 책 한 권 분량이 될 때까지 써야지요."

현웅씨는 군산의 작은서점인 예스트서점과 우리문고에서 하는 작가 강연회도 꼬박꼬박 참석한다. 작가가 들려주는 이야기들을 들으면서 자신이 일상에서 놓쳐온 글감을 끄집어낸다. '나중에 책을 내고 강연할 때 내 모습은 어떨까?' 투영하기도 한다.

나는 안다. 현웅씨가 카페 영업시간에도 무리해서 강연회에 오는 까닭을. 멀리서 군산까지 와준 작가에 대한 예의라면서 그의 지인들까지 데려오는 건 첫 번째 이유가 못 된다. 그는 작가 강연회 프로그램을 준비하는 한길문고 상주작가에 대한 우정과 의리를 모객으로 보여주고 있다.

그때마다 현웅씨는 소년 같은 허세를 부린다. 가진 건 돈뿐이라며 재력 자랑을 한다. 작은 서점에 강연하러 온 작가들에게 점심한 끼를 대접할 때 꼭 끼어든다. 내 대신 밥값을 내고 있다. '밥 잘 사주는 예쁜 옵하'. 날씨 좋은 가을에 현웅씨의 애칭이 하나 더 늘었다.

'그리스인 조르바'를
좋아하는 택시 운전사

첫 책 『우리, 독립청춘』을 내고서야 깨우쳤다. 세상에서 가장 아름다운 사람은 내가 쓴 책을 읽는 사람이었다. 한길문고에서 『우리, 독립청춘』이 '이달의 베스트셀러 1위' 했다는 소식을 들은 밤에는 서점 쪽으로 큰절을 했다. 두 번째 책, 세 번째 책을 내고서도 아름다움에 대한 기준은 변하지 않았다.

"안녕하세요, 작가님. 처음인데 이런 부탁해도 될는지요? 저희 '책모임 책산책'에서 작가님의 『소년의 레시피』를 읽고 토론하거든요. 금요일 오전에 시간 되면 오실 수 있나 해서요."

메신저로 말을 걸어온 이중근씨. 전혀 모르는 사람이었다. 그러나 나는 이것저것 재지 않았다. "아! 완전 환영이죠." 사람들이 책을 읽고 모이는 곳도 가까웠다. 한길문고에서 큰 도로를 건너면 보이는 '늘푸른도서관'이었다.

평범한 날이었다. 생일도 아니고, 상을 받은 것도 아닌데, 중근씨는 소국 한 다발을 내밀었다. 나는 크리스마스 선물을 앞당겨 받은 아이처럼 좋아했다. 어리둥절해하면서도 기쁜 마음을 숨기지 않았다. 중근씨는 같이 책을 읽는 동료들에게도 커피를 돌리고, 집에서 깎아온 감과 간식거리를 내놓았다.

그는 사흘 일하고 하루 쉬는 개인택시 운전사. 아침에는 아이들을 초등학교와 어린이집에 데려다준다. 오후에는 어린이집에서 둘째아이를 데려와서 저녁밥을 먹이고, 큰아이 숙제를 봐주고, 다시 일하러 나가서 자정쯤에야 퇴근한다. 소아과 간호사였던 중근씨의 아내는 보험회사 영업 일에 매진하고 있다.

"아내한테 돈을 많이 못 벌어다주는데, 잔소리를 많이 하는 편이에요. 그러니까 내 할 도리를 더 잘해야죠. 애들 돌보고 살림하는 거는 누가 해도 상관없잖아요. 책은 일할 때도 갖고 다녀요. 군산 시내 신호체계를 잘 알거든요. 유난히 긴 신호가 있어요. 그럴 때는 잠깐이라도 책을 펴요. 신호 바뀌기 전에 얼른 덮고요. 택시를 대기해 놓고 승객 기다리는 데서는 더 많이 읽고요."

처음부터 책 읽는 사람은 아니었다. 틈만 나면 스마트폰으로 게임을 했던 중근씨. 오죽했으면 11개월 만에 스마트폰 보드가 멈췄겠나. 해골 물을 마신 원효대사처럼, 그때 중근씨도 크게 깨달았다. 자신의 삶을 바꾸기 위해 교육청 부모교육 프로그램에 참여하고 독서모임에 가입했다. 아이들도 더 이상 "아빠 또 게임해?"라는 말을 하지 않았다.

중근씨는 반드시 책을 사서 읽는다. "이 책 읽은 거 맞아?" 물어볼 정도로 깨끗하게 본다. 책꽂이에는 읽은 책이 빽빽한데 읽으려고 사놓은 책이 계속 늘어나고 있다. 나중에는 시골에 있는 아버지 집에 책방을 내볼까도 생각한다.

그는 쉬는 날에 아이들 손을 잡고서 천천히 서점까지 걸어온다. 세 사람의 취향은 다르다. 각자 좋아하는 서가에 가서 신중하게 책을 고른다. 작고 보드라운 중근씨의 아이들은 서점에서 하는 작가 강연회 때도 앞자리에 앉는다.

"애들이 따라온다고 하니까 강연회에 데리고 오는 거예요. 비싼 옷 같은 건 못 사주니까 함께 보내는 시간을 많이 가지려고 하죠.

항상 밤늦게까지 일하니까요. 근무하다가 혼자서 강연회 올 때도 있어요. 작가들은 생각이 많잖아요. '왜 이런 글을 썼을까?' 궁금해요. 저도 책 쓰고 싶거든요."

젊은 시절 중근씨는 신춘문예에 글을 보내곤 했다. 지금은 택시 운전하면서 듣는 라디오에 문자를 보내고 상품을 종종 받는다. "뭐든 하나씩 쓰세요." 강원국 작가 강연회 때 들었던 말을 가슴에 새기고 다닌다. 글을 쓰기 위해서 더 열심히 읽는다.

혼자 읽고 여럿이 모여 이야기를 나눈 뒤에는 다시 중근씨만의 시간이 온다. 그는 독서 토론 하면서 새로 알게 된 이야기까지 두세 시간을 들여 글을 쓰고 블로그에 올린다. 책을 쓴 작가가 직접 중근씨 블로그에 댓글을 달아준 적도 있다.

"저는 자판을 보고 쳐야 해요. 오래 걸리죠. 그런 데다가 밤에 컴퓨터로 글 쓰면 자판 치는 소리가 시끄럽거든요. 식구들한테 피해는 안 줘야 하잖아요. 할 수 없으니까 스마트폰으로 그 긴 글을 써요. (웃음) 시켜서는 못해요. 재밌어서 하는 거죠."

최근에 중근씨는 『나의 할아버지가 탈옥한 이야기』를 독서모임 동료들과 읽었다. '간단하게 써야지' 마음먹고 시작했는데 점점 빠져늘었다. 새벽 4시까지 서평을 썼다. 하필 그날은 초등학교 4학년인 아들 승준이가 현장학습 가는 날. 쪽잠을 자고 6시 반에 일어나서 아들의 김밥을 쌌다.

삶의 흔적을 기록하는 일은 보람차다. 열정은 사그라지지 않고 지속된다. 중근씨는 알고 있다. 결과물을 손에 쥐기 위해서 스스로를 다그치면 재미없어진다는 것을. 그래서 읽고 쓰는 일을 편하고 가볍게 여기려고 노력한다.

"제가 서브쓰리(마라톤 풀코스를 3시간 안에 완주)를 몇 번 해봤거든요. 빨리 가면 멋진 경치를 못 봐요. 옆사람이랑 대화할 정도로 뛰어야 덜 지쳐요. 인생도 그래요. 언젠가 내 책을 쓰고 싶지만 급하게는 안 갈 거예요. 그러면 시야가 좁아지고 흐려지잖아요."

택시 운전할 때도 중근씨는 선명하게 보려고 한다. 느닷없이 폭설이 쏟아지던 어느 날, 운전하던 그는 클랙슨을 눌렀다. 소리를 듣고 멈춘 사람은 나였다. 서점에서 에세이 쓰기 수업을 마치고 났더니 앞이 안 보일 정도로 눈이 내리고 있었다. 집까지는 걸어서 8분 거리, 잽싸게 가는 중이었다. 중근씨는 타라고만 하더니 택시비는 한사코 마다했다.

그 뒤로 중근씨의 존재가 더 크게 다가왔다. 한 달에 두세 번, 그는 한길문고와 예스트서점 작가 강연회에 왔다. 수첩을 꺼내서 작가들이 들려주는 이야기를 꼼꼼하게 적었다. 강연 끝나고 작가의 친필 사인을 받을 때는 꼭 아이들 이름을 댔다.

중근씨에 대해서 아는 것은 점점 많아졌다. 그가 좋아하는 책은 『그리스인 조르바』. 조르바처럼 자유롭게 살고 싶어 한다. 독서 모임에서 처음 읽은 책은 『나미야 잡화점의 기적』. 책에 나오는 할아버지처럼 성심성의껏 말을 하고 싶어 한다. 그래도 나는 중근씨한테 궁금한 게 있었다.

"눈 많이 온 날에 저 태워준 적 있잖아요. 왜 택시비를 안 받았어요? 빚진 것 같잖아요."

"승객들한테 천 원, 2천 원 안 받아도 괜찮아요. 그걸로 인덕이 쌓이면 좋고, 아니어도 어쩔 수 없지만요. 택시 기사는 동전 손대는 일을 한다고 쪼잔하게 보는 사람도 있는데요. (웃음) 요새는 택시비도 카드 결제 많아요."

지난달에 한길문고에서는 『에세이를 써보고 싶으세요?』를 쓴 김은경 작가 강연회를 열었다. 중근씨는 일을 하다가 들으러 왔다. 열심히 메모하고, 책에 사인을 받은 그는 "어차피 일하러 나가는 길이에요"라면서 김은경 작가를 고속버스터미널까지 모셔다 드렸다. 그렇게 인덕을 쌓은 중근씨는 깊은 밤에 다시 글 쓰는 사람이 된다.

1등만 100명인 대회,
2등은 없습니다

매력적인 프로그램은 기획할 때부터 다르다. '재밌겠다!'는 느낌
이 팍 온다. 당연히 모객 걱정도 하지 않는다. 웹 포스터를 만들어
서 SNS에 올리기만 하면 신청 전화가 폭주한다. 한길문고에서 하
는 '엉덩이로 책 읽기 대회'가 그렇다.

1시간 동안 책을 읽으면 최저시급 상품권을 주는 대회. 의자에
서 엉덩이를 5초 이상 떼지 않아야 하는 대회. 한 번이라도 참가한
적 있는 사람들의 무용담이 두고두고 전해 내려오는 대회. 2018년
12월부터 엉덩이로 책 읽기 대회를 열었던 한길문고는 네 번째 대
회를 앞두고 있었다.

"11월 16일에 엉덩이로 책 읽기 대회 한다는 소식 들었는데요. 지금 신청해도 되나요?"

10월 말부터 한길문고로 문의 전화가 걸려왔다. 서점에서는 "지금은 곤란하다. 기다려달라"고 할 수밖에 없었다. 아는 사람만 알고, 모르는 사람은 모르는 채로 이 유쾌한 대회가 끝나지 않기를 바라는 마음에서 신중하게 접수 날짜를 조율했다.

대회 열흘을 남겨두고 한길문고 문지영 대표가 서점 페이스북에 '엉덩이로 책 읽기 대회' 한다는 글을 올렸다. 나는 한길문고에 와서 책 읽고 에세이를 쓰는 회원들에게만 알렸다. 그리고 한 명더, 11월부터 '군산에서 한 달 살기'를 하는 권나윤씨에게 소식을 전했다. 밤 9시 넘어서였다.

"내일 한길문고 가서 직접 접수할게요."

태평하게 대답한 나윤씨. 다음 날 오후에야 자신이 얼마나 경솔했는지를 깨달았다. 한길문고 김우섭 점장은 몹시 미안해하면서 "마감됐어요"라고 했다. 맙소사! 몇 시간 만에 신청자 100명이 다 찬 거였다.

직장에 다니면서도 한길문고 작가 강연회와 북클럽, 에세이 쓰기에 참여하는 김유림씨, 이은미씨도 참가 자격을 얻지 못했다. 셋째아이가 어려서 책 읽기에 도전 못하는 박효영씨까지 세 명은 자

원봉사를 자처했다. 청바지에 하얀 티셔츠를 입기로 하고, '안내'
라는 자원봉사자 목걸이를 스스로 마련했다.

대학 수업 받듯이 한길문고 작가 강연회에 다니는 독자 몇 명은
치밀하게 '노쇼No-Show'까지 예상했다. 늦었지만 신청을 받아달라
고 졸랐다. 대학 합격도 아닌데, 예비명단에 이름을 올렸다. 다행
스럽게도 "사정이 생겨서 대회에 참석 못합니다" 하는 사람들이 생
기긴 했다.

11월 16일 오후 1시 40분. 진열된 책을 치우고, 테이블과 의자
100개를 놓는 사이에 참가자들이 모여들기 시작했다. 고등학교 남
학생들은 무대와 가장 가까운 자리에 앉았다. 여럿이 온 사람들
도, 혼자 와서 주뼛거리는 사람도 함께 어울려 앉을 수밖에 없었
다.

"이번에는 진짜 엄격하게 진행할 거예요. 의자에서 5초 이상 엉
덩이를 떼면 탈락이에요. 자원봉사자가 어깨를 두드리면 울지 말
고 책을 챙겨서 나가야 합니다. 당 떨어졌다고 책 읽다가 과자를
먹어서도 안 되고요. 몇 분 남았냐고 저한테 계속 물어봐도 안 됩
니다. 오줌 마려운 것도 참아야 하니까 화장실은 지금 다녀오세
요."

나는 엉덩이로 책 읽기 대회를 세 번이나 진행했던 사람. 네 번째는 진짜로 봐주는 거 없다고 몇 번이나 강조했다. 오후 2시. 여전히 목이 마르고 화장실 가고 싶은 사람들이 있어서 2시 8분에 타이머를 눌렀다. 서점은 순식간에 고요해졌다. 참가자들은 저마다 가져온 책에 시선을 고정시켰다.

자세히 보아야 엉덩이의 들썩거림을 감지한다. 오래 보아야 고개를 숙이고 조는 걸 알아챈다. 팬티가 자꾸 엉덩이에 끼는 건가. 살살 몸부림치는 아이들은 테이블마다 있었다. '은파소년소녀합창단' 옷을 입은 어린이 한 명은 졸다가 아예 책상에 엎드려버렸다. 책 읽기 시작한 지 10분도 안 지났을 때였다.

나는 발소리를 내지 않고 아이에게 다가갔다. 같이 온, 옆자리에 앉은 어린이들이 내 얼굴을 봤다. 차마 "탈락!"이라고 할 수 없었다. 아침 9시부터 금강중학교에서 공연하고 온 그 아이의 어깨를 두 번 두드렸다. 아이는 눈을 비비고 다시 책을 읽었다.

15분! 사람들이 몰입할 수 있는 시간이라고 한다. 2시 20분 넘어가자 몸을 배배 꼬는 어린이들이 몇 명이나 보였다. 책을 보는 시간하고 내 얼굴을 보는 시간이 비슷했다. 그때가 2시 25분. '몇 분 지났어요?'라고 간절하게 묻는 게 느껴졌다. 나도 덩달아 초조해졌다. 시간이 너무 더디게 흐르는 것 같았다.

목이 탔다. 책 읽기 시작한 지 30분째. 분위기를 감지한 문지영
대표는 생수 100병을 사왔다. 테이블마다 사람 수만큼 물병이 놓
였다. 물 뚜껑을 돌려서 따는 소리가 동시다발적으로 들렸다. 물
을 마신 사람들은 고개를 숙이고 책을 읽었다. 그러지 못하고 흐
트러진 사람들은 온몸으로 묻는 게 있었다. 졌다! 나는 그런 아이
들에게 타이머를 보여주었다.

손가락으로 시간을 표현할 수 있다는 것은 얼마나 기쁜 일인가.
남은 시간은 5분. 나는 무대 앞에서 한 손을 쫙 폈다. 책에 시선을
두지 못한 아이들 몇은 소리 내지 않고 내 눈을 보며 크게 웃었다.
여전히 책에 빠져서 미동을 하지 않는 사람들도 많았다.

4분 남았다. 나는 엄지손가락을 접었다. 3분 남았다. 검지손가
락을 접었다. 2분 남았다. 중지손가락을 접었다. 1분 남았다. 새끼
손가락만 남았다. 아이들 몇은 호들갑을 떨 때처럼 두 주먹을 쥐
고 기쁘게 흔들었다. 남은 시간은 2초. 나는 타이머 종료 벨 소리
가 크게 들리도록 스마트폰에 마이크를 갖다 댔다.

"뜨르르르! 뜨르르르!"

환호성과 박수 소리가 터졌다. 모두가 1등인 대회. 2등은 아예 없는 '엉덩이로 책 읽기 대회'는 끝났다. 1시간이 얼마나 긴지를 생생하게 체험한 참가자들은 후련해 보였다. 문지영 대표는 장한 일을 해낸 사람들에게 시급이 적힌 상품권을 선물로 줬다.

수십 명의 아이들과 어른들은 각자 신중한 자세로 서가와 문구점 앞에 서 있었다. 한꺼번에 많은 독자들의 숨결을 느끼는 한길문고는 생물처럼 보였다. 사람들의 눈길과 손길을 받으면서 서점은 아름다워지고 있었다.

벚꽃 피면,
군산에서 한 달

부산에서 나고 자라 서울 마포에 사는 직장인 권나윤씨. 군산
에 사는 내가 그녀와 만나려면 드라마틱한 장치가 필요했다. 언젠
가 기차에 나란히 앉아서 머리를 기대고 졸았다거나, 아스팔트가
지글지글 끓는 한여름 밤에 하나 남은 편의점 맥주를 향해 동시
에 손을 뻗는 설정 같은 것. 안타깝게도 우리 사이에는 접점이 없
었다.

운명이 싹튼 건 2017년 6월. 내가 쓴 책 『소년의 레시피』는 나윤
씨가 즐겨찾기 해놓은 온라인서점에서 '오늘의 책'으로 선정됐다.
맨 처음에 나윤씨는 책 표지가 예뻐서 끌렸다고 한다. '야자' 대신 식구들의 저녁밥을 짓는 고등학생 이야기에 호기심을 느꼈다. 바로 주문해서 읽고 블로그에 서평을 쓴 게 6월 21일이었다.

읽다 보면 웃음이 나고, 페이지 넘어가면 아쉽고, 결국에는 나도 모르게 그만 눈물이 나는, 그러한 독창적 감정을 제공하는 책이기에 나이 불문, 성별 불문, 직업 불문 읽어볼 것을 권함. 읽다 보면… 슬그머니… EBS 영상을 찾아 실제 소년을 보며 흐뭇해하는 자신의 모습을 보게 될 것임. 다정한, 따뜻한, 슬기로운 책을 내주셔서 감사합니다.

세상에서 가장 아름다운 사람은 내가 쓴 책을 읽어주는 사람. 아름다움을 목격한 이상 지나칠 수 없었다. 나는 나윤씨 글에 고맙다는 댓글을 달았고, 우리는 '랜선 친구'가 되었다. 가끔은 따로 안부를 물었고, 특별한 날에는 몇십 분씩 메신저를 주고받는 사이로 발전했다.

나윤씨는 소설책을 많이 읽고, 개봉하는 영화마다 찾아보고, 드라마를 즐겨 보는 사람. 군산시민들이 수해 입은 한길문고를 도왔다는 이야기에 감동받았다. 어느 겨울에는 친구 현영씨와 둘이 한길문고로 찾아왔다. 그날 서점에서 글쓰기 강의를 하는 내게 서울에서 아주 유명하다는 케이크를 선물했다. 지난여름에는 친구

세 명과 함께 한길문고에 와서 정유정 작가 강연을 들었다. 책을 사고 하룻밤 묵어갔다.

"나윤님, 어디 가다가 군산 지나치게 되면 들러요."
"벚꽃 피면 군산에서 한 달 살기 할 거예요."

나윤씨는 10년 넘게 다닌 회사에 사표를 내겠다고 마음먹은 지 오래였다. 프리랜서 강사가 되기 위한 과정을 착실하게 밟아왔다. 그토록 원하던 나윤씨의 퇴직은 지난 9월 30일에 이루어졌다. 가끔씩 불면증으로 뒤척이다가 맞는 이른 아침, 몽롱한 몸과 정신을 어르고 달래서 회사에 갈 필요가 없게 됐다.

그런데 작은 도시에서 한 달 살 거라는 나윤씨의 다짐은 단단하게 유지될 수 있을까. 눅눅한 바람이 선선해지고, 설악산에 물든 단풍이 시속 830m로 남하하고, 갑작스럽게 내린 첫눈을 보면서 기분을 내고, 겨울이 너무 길다고 투덜대다가 땅바닥에 핀 개불알꽃을 보고, 진짜 봄이 왔다고 안심했다가 감기에 걸리고 나서야 보는 게 벚꽃인데.

우리 사이에 운명은 한 번 더 작동했다. '작가와 함께하는 작은 서점 지원사업'의 거점서점인 한길문고와 작은서점인 예스트서점과 우리문고에서는 나윤씨가 좋아하고 존경하는 작가들로만 강연회를 준비하고 있었다. 11월을 군산에서 보낸다면, 종합선물세트처럼 김탁환 작가, 심윤경 작가, 이정명 작가를 만날 수 있는 거다.

벚꽃보다는 흠모하는 작가! 나윤씨는 군산에서 살 집을 인터넷으로 알아보다가 나한테 물었다. "여기 어때요?" 별로였다. 군산의 '핫플'인 한길문고나 은파호수공원과는 멀었다. 나는 지역 커뮤니티를 통해서 완벽하게 맘에 드는 집을 구했다. 입주 날짜가 11월 4일이라는 것만 걸렸다. 나윤씨는 일단 11월 1일에 한길문고에 왔다가 서울 올라가서 몇 가지 일을 처리하고 다시 군산에 오기로했다. 왜?

"93년도부터, 그러니까 26년 전부터 열렬히, 한동안은 습관처럼, 최근에는 존경심으로 바라보는 김탁환 작가님을 만나는 일에 이정도 수고와 시간은 당연히 갖다 바쳐야지요."

그날의 날씨는 완벽했다. 볕은 따스하고 공기는 산뜻했다. 나는 나윤씨 마중을 나갔다. 김탁환 작가 강연회에 참석한다고 휴가를 내고 온 서울시민 훈님도 만났다. 셋이서 늦은 점심을 먹고 횟집에서 일어선 시간은 오후 4시 30분. 곧바로 나는 채식하는 김탁환 작가를 만나서 이른 저녁으로 시래기 비빔밥을 먹었다. 존경하는 분 앞에서 떨지 않는 내 담력과 밥 먹은 지 1시간 만에 완식하는 내 식욕에 놀랐다.

서점에서는 나윤씨의 팬심 때문에 놀라 자빠질 지경이었다. 김탁환 작가의 23년 전 데뷔작 『열두 마리 고래의 사랑 이야기』를 챙겨 온 거다. 사인을 받기 위해서 기다리는 나윤씨에게서는 자부심이 뿜어져 나왔다. 그게 너무 부러웠다. 김탁환 작가는 군산에서 한 달 살면서 글을 쓸 거라는 나윤씨에게 "열심히 쓰세요"라는 덕담을 해주었다.

나윤씨는 몇 년 전에 심윤경 작가의 『사랑이 달리다』를 재밌게 읽고 친구들한테 선물도 많이 했다. 막상 심윤경 작가가 군산에 오는 날에는 낯을 가린다면서 수줍어했다. 그래놓고는 심윤경 작가랑 같이 밥도 잘 먹고, 이야기도 잘했다. 이정명 작가 강연회를 앞두고는 예의를 다하기 위해서 신작 『밤의 양들 1, 2』를 읽었다. 강연회 끝나면 야밤, 우리는 바로 헤어지지 않았다. 맥주를 마시고 놀면서 책 이야기를 했다.

"서울에서는 좋아하는 얘기를 하려면 돈을 써야 해요. 회사 다니면서 수다를 떨었지만, 책 읽고 얘기하는 건 잘 안 됐어요. 그래서 사람들이 돈을 내고 트레바리나 문토, 교보 북클럽에 가입을 하는 거겠죠. '나는 회사만 다니는 건 아니야. 나를 위해서 먹이를 주고 있어'라는 느낌을 가지려고 애를 쓰죠. 군산에서는 책 살 돈만 들이면 되는 거예요.

서울에 있었으면 불금에 친구들하고 술 먹고 지냈어요. 물론 그 시간도 재미있었어요. 근데 한길문고는 금요일 밤에 강연회를 하잖아요. 전혀 다른 세계 같다고 느낄 때가 있어요. 친구들과 책을 권하고 읽던 시간으로 돌아간 기분이 들어요. 이런 생각지도 못한 공간에서, 모르는 사람들하고 작가 강연을 듣고 있잖아요. 골이 띵하도록 좋았어요."

나도 그 기분을 짐작할 수 있다. 얼마 전에 김영하 작가의 강연을 들으러 간 적 있다. 20대부터 좋아했던 작가는 여전히 빛나는 현역이었다. 빔 프로젝터를 쓰지 않고, 1시간 반 동안 주제에서 절대 벗어나지 않고 이야기를 했다. 웃다가도 울기 직전처럼 코끝이 아렸다. 누군가를 붙잡고 막 이야기하고 싶은 기분이었다.

군산에서 나윤씨는 여행자보다는 생활인에 가깝게 살았다. 군산 사람들처럼, 나윤씨도 멀리서 친구들이 찾아왔을 때 주로 근대 문화가 있는 원도심으로 갔다. 군산사랑상품권을 쓰면 10% 할인된다고, 내 스마트폰에 지역상품권 앱을 내려받아줬다. 나운동이나 수송동, 지곡동 같은 동네 이름을 구체적으로 알아듣고 말할 수 있는 여행자였다.

"군산에 한 달 살러 온 배지영 작가님 친구, 궁금했어요."

저마다 나윤씨를 환대했다. 나윤씨가 작가 강연을 듣기 위해 의자에 앉아 있거나 매대에서 책을 보고 있어도 따뜻한 시선으로 봤다. 밥은 먹고 다니느냐고, 방은 따뜻하냐고 물었다. 참지 않고 유리병에 김치를 담가다 주고 차 마시러 오라고 초대하는 사람도 있었다. 나윤씨도 뭔가를 보답하고 싶어 했다. 한길문고에서 '깔끔하고 세련된 PPT 만드는 법' 강의를 해주었다. 참석한 사람 모두에게 따로 참고자료를 보내줬다.

'눈 깜짝할 사이에 청춘이 갔다'는 어르신들의 말이 진짜라는 걸 안다. 나윤씨의 군산에서 한 달 살기도 그렇게 훅 지나갔다. 그녀가 서울 집으로 가기 전날, 우리는 또 한길문고에서 마주 보고 앉았다. 원하는 걸 손에 쥐고서 팔짝팔짝 뛰는 아이 같던 나윤씨는 좀 침울해 보였다.

"뭐든지 갖춰진 집으로 돌아간다니까 좋죠. 또 회사를 안 다니니까 강연 듣고 싶을 때 올 수 있고요. 한길문고는 저에게 안정을 주는 공간이잖아요."

울 뻔했지만, 나는 눈물을 삼킬 줄 아는 성숙한 시민. 재빨리

『나를 부르는 숲』을 떠올렸다. 애팔래치아 트레일에 나섰지만 트레킹을 포기하고 어느 하숙집에 들게 된 빌 브라이슨과 친구 카츠. 전적으로 옳던 하숙집 아주머니의 말을 나윤씨에게 해줬다. "산은 그대로 있을 거야." 물론, 한길문고도 그대로 있을 거라고.

11월 1일에 군산에 왔던 나윤씨는 12월 2일에 군산 고속버스터미널에 있었다. 내 자동차에서 여행 가방을 꺼내다가 눈물을 터뜨렸다. 세상에서 가장 아름다운 사람은 내 책을 읽어준 사람, 내가 좋아하는 서점과 내가 사는 도시를 사랑해주는 사람. 그러나 아름다운 나윤씨도 울 때는 조금 못생겨 보였다.

'우리 김동완씨' 보려고
일본에서 왔어요

스텔라 언니. 나를 그렇게 부르던 우리 영어 선생님 조지니아 슬랜더는 남아공에서 온 20대 젊은이였다. 한국에 오기 전부터 따로 한국문화를 공부했다. 케이팝, 한국드라마뿐만 아니라 '탑돌이'까지 알고 있었다. 내소사나 선운사 마당에서는 합장을 하고 탑을 돌았다. "남자친구 생기게 해주세요"라고 소원을 빌면서.

2017년 7월 29일, 조지니아 슬랜더는 대만 여행을 가기 위해 인천국제공항에 있었다. 한글 읽는 것에 재미 들린 조지니아는 공항 서점으로 갔다. 낯익은 책이 눈에 확 들어왔다. 내가 쓴 『소년의 레시피』였다. 그녀는 매대 앞에서 인증 사진을 찍어 메신저로 보내왔다.

"Stella 언니! Look what I found at the airport."

그 여름의 어느 날, 도쿄에 사는 기쿠치 미유키씨도 인천국제공항의 서점에 있었다. 집으로 돌아가는 비행기 안에서 읽으려고 책을 고르는 중이었다. 표지도 예쁘고, 따라 할 수 있는 조리법도 들어 있어서 『소년의 레시피』를 선택했다고 한다. 덕분에 미유키씨와 나는 인스타그램에서 친구가 되었다.

미유키씨는 우리나라 최장수 아이돌 그룹 '신화'의 멤버 김동완씨 팬이다. 드라마 〈힘내요, 미스터 김!〉을 통해서 '우리 동완씨'를 알게 됐다고 한다. 김동완이라는 가수 겸 배우를 제대로 좋아하기 위해서 한국어를 공부하고, 김동완씨가 나오는 뮤지컬과 콘서트를 보기 위해 1년에 서너 번은 혼자 한국에 온다.

"저는 2012년부터 우리 동완씨를 좋아했어요. 팬 역사가 짧아서 미안해요."

쉰 살이 되기 전에 암호처럼 보이던 한글을 공부하게 된 미유키씨. 한국드라마를 보고, 한국어를 공부하는 동아리에 들었다. 그 정도 활동으로는 한국어에 대한 갈증이 달래지지 않았다. 한국어라는 물을 실컷 마셔보고 싶었다. 미유키씨는 직장에 휴가를 내고 한국의 대학에서 운영하는 '한국어 단기 어학연수 프로그램'에 몇 번이나 참가했다.

'한국어를 모국어로 하지 않는 재외동포 및 외국인'들이 보는 한국어능력시험은 6급까지 있다. 1, 2급 시험은 읽기와 듣기, 3급 시험부터는 쓰기 영역이 추가된다. 회사 다니면서 공부한 미유키 씨는 몇 년 만에 한국어능력 5급을 땄다. 쓰기가 약하다고 자평하는 그녀는 지금 한국대사관에서 운영하는 도쿄어학원에 다닌다.

"100퍼센트 한국어로만 수업해요. 매주 월요일에 90분씩 해요. 20대부터 50대까지 있어요. 처음 자기 소개할 때 저는 느꼈어요. 그래서 선생님한테 '나이는 가장 많지만 실력은 막내'라고 이야기했어요. 한국어로 도스토옙스키를 읽고, 청소년 고전도 읽어요. 5페이지나 10페이지짜리 글도 써야 해요. 때로는 너무 어려워서 좌절하지만 재밌어요. 돌아오는 지하철 안에서 오늘도 무사히 끝나서 다행이라고 생각해요."

미유키 씨는 『소년의 레시피』를 일본어로 옮겨보고 싶었다. 프롤로그부터 시작했다. 배지영 작가가 광화문 촛불 집회에 갔을 때 젊은 셰프들이 '해바라기하는' 걸 보는 장면에서 고민했다. 일본어에는 그 말이 없어서 인터넷을 찾아봤다. '日向ぼっこ(햇볕을 쬐다)' 보다는 '陽なたぼっこ'가 더 비슷한 것 같았다. 어학원 선생님이 미유키씨에게 잘 썼다고 칭찬했다.

미유키씨의 인스타그램 업데이트는 그녀를 닮아서 꾸준했다. 회사에 가고, 한국어를 공부하고, 회사에서 틈틈이 가드닝을 하는 일상. 미유키씨는 하다 말다 하는 내 인스타그램에도 찾아와서 성실하게 하트를 눌러줬다. 언젠가는 군산에 와보고 싶다는 댓글을 달았다. 빈말일 리가 없다. "오세요, 반가울 거예요." 나는 진심으로 말했다.

김동완씨 덕분에 미유키씨의 군산 방문 날짜가 정해졌다. 김동완씨는 동덕여대 100주년 기념관에서 '세 번째 외박' 공연을 한다. 12월 3일부터 12월 29일까지 하는 12회 공연. 서울에 한 번 오면 같은 공연을 두 번 이상 보는 미유키씨는 금요일과 일요일 티켓을 예매하고 나한테 메신저를 보내왔다.

"작가님, 저는 12월 13일부터 16일까지 서울에 가요. 14일(토)에 8시나 9시 버스를 타고 군산에 가려고 해요. 혹시 그날 작가님은 시간이 계세요(나세요)?"

미유키씨는 〈김영철의 동네 한 바퀴—군산〉 편을 이미 본 뒤였다. 1899년 개항 이후, 일본 제국주의자들에게 철저히 수탈당한 도시 군산. 일본인인 미유키씨는 마음이 좀 복잡해졌다. 동시에 어린 미유키씨가 놀던 할머니 집과 비슷한 집들이 군산에 있어서 향수를 느꼈다. 그녀는 근대문화가 있는 월명동, 은파호수공원, 재래시장에 가보고 싶다고 했다.

군산고속버스터미널은 늘 주차하기 복잡한 곳. 느긋한 사람들도 참지 않고 경적을 울린다. "안녕하세요. 일단 타세요." 미유키씨에게 건넨 내 첫 마디는 다급했다. 미유키씨는 커다란 쇼핑백을 먼저 차에 들여놓고 조수석에 앉았다. 우리 둘째아이가 좋아하는 피카츄 담요를 비롯한 카레, 각종 과자, 눈의 피로를 덜어주는 안대를 선물로 준비해왔다.

우리는 터미널과 가까운 철길마을에 들렀다가 점심을 먹으러 갔다. 가리지 않고 한국음식을 잘 먹는다는 미유키씨는 나물을 좋아한다고 했다. 우리는 시래기 비빔밥을 먹고 식당 근처에 있는 한길문고로 갔다. 미유키씨는 내가 처음 쓴 책 『우리, 독립청춘』과 윤지회 작가의 『사기병』을 샀다.

"작가님 책 『서울을 떠나는 삶을 권하다』는 교보문고 해외배송 페덱스로 샀어요. 혼자서 사면 비싸요. 그러니까 동아리 친구들 모아서 한국 책을 주문해요. 두꺼운 국어사전도 샀어요. 항상 스마트폰 사용해서 검색하긴 해도 국어사전을 갖고 싶었어요."

수면이 볕을 받아 반짝거리는 은파호수공원을 걷고 나서 월명 동으로 갔다. 지배받은 흔적이 많이 남아 있는 곳, 역사를 잊지 않 기 위해 그 시절을 되살려놓은 동네 월명동. 독립운동가들이 고문 당하던 모습을 재현해놓은 군산항쟁관, 집 안에 집 한 채만 한 금 고를 지어놓은 신흥동 일본식 가옥, 우리나라에 유일하게 남아 있 는 일본식 절집 동국사까지 걸어 다녔다.

미유키씨와 나는 모국어가 다르다. 평생 모르고 살았을 우리 사이를 이어준 건 문화다. 어려서부터 독서를 즐겨 했던 미유키씨 는 미야베 미유키 작가에게 친근함을 느낀다고 했다. 『화차』, 『모방 범』, 『이유』 같은 소설은 나도 읽었다. 우리는 그룹 스마프, 작가 히 가시노 게이고, 배우 사카구치 켄타로, 그리고 '우리 동완씨' 얘기 를 했다.

밥 먹을 때 빼고는 줄곧 걸어 다녔다. 우리는 카페로 갔다. 대한 제국에서 일제강점기, 대한민국까지 100년 넘는 동안 버텨온 군산 세관, 그 세관의 창고였던 곳을 개조해 만든 카페. 고속버스를 놓 치지 않기 위해 타이머를 맞추고 이야기를 했다. 나는 그녀의 한 국어 실력이 신기했다. 빤한 질문이긴 한데, 어떻게 그렇게 잘하느 냐고 물었다.

"집에서 공부를 못해요. '우리 집 아저씨'가 시끄러운 편이에요. 회사 영업시간은 8시 30분부터예요. 저는 먼저 출근해요. 7시 30분부터 1시간 동안 매일 한국어를 공부해요. 점심도 빨리 먹고 또 공부하고요."

타이머가 울렸다. 15분 뒤에 미유키씨는 서울 가는 버스에 타야 했다. 나는 텔레비전 홈쇼핑 채널에서 '매진 임박' 자막을 본 것처럼 서둘렀다. 침착한 미유키씨는 나보고 도쿄에 놀러 오라고 했다. 예전 같았으면 "그럴게요"라고 대답하고 바로 항공권을 검색했을 거다. 이제는 강제징용 사과와 배상 요구에 경제 보복을 한 아베 때문에 일본에는 가지 않는데. 그래도 미유키씨와 나는 친구다.

도쿄 집에 도착한 미유키씨는 『소년의 레시피』를 한국어로 먼저 쓰고 일본어로 번역한 노트 사진을 보내줬다. "좀 부끄러워요. 공부가 부족한 사람이에요"라고 했지만 한글이 너무나 반듯하고 예뻤다. 그 수준에 이르기까지 지치지 않고 공부했을 그녀가 그려졌다. 좋아하는 우리 동완씨에게 닿기 위해 노력하는 미유키씨의 자세는 정말이지 근사했다.

'심사위원 feel'도 심사 기준이 되는
200자 백일장 대회

서점은 오해받는다. 책장 넘기는 고요한 소리만 좋아할 거라고. 서점도 왁자지껄한 거 좋아한다. 견학 온 유치원생 아이들이 보리 밟기하듯 서가를 돌아다니면 서점 전체에 생기가 돈다. 문제집 사러 온 학생들이 서점 곳곳의 의자에 앉아서 수다 떠는 것도 대견하게 본다. 점심시간을 쪼개서 서점에 온 직장인들의 분주한 발걸음을 귀하게 여긴다.

한 해가 저물어가는 12월의 마지막 금요일, 한길문고는 서점다운 파티를 준비했다. 200자 백일장 대회. 벌써 두 번째다. 첫 번째 200자 백일장 대회는 지난 6월에 치렀다. 그때 나는 '작가와 함께하는 작은서점 지원사업'이 계약 만료되어 백수였다. 사정을 속속들이 알 리 없는 사람들은 한길문고에 와서 상주작가를 찾았다.

어차피 카페나 서점에 나가서 글을 쓴다. 일주일에 두 번은 정해놓고 한길문고로 출근하던 어느 날, '200자 백일장 대회'를 구상했다. 대문호가 되자는 게 아니다. 카톡 보낼 때도 쓸 수 있는 글자 수로 문학에 접근하는 거다. 초등학생도, 퇴근하고 바로 서점으로 오는 직장인도 참여하는 백일장. 재미있을 것 같았다.

"떡이 나오냐? 밥이 나오냐? 뭐 하러 자꾸 한길문고에 가?"
우리는 밥심으로 살아온 민족. 입에서 입으로 전해 내려온 이 질문을 하는 사람도 있었다. 안타깝게도 200자 백일장 대회에서는 탄수화물 종류를 준비하지 않기로 했다. 책만큼이나 우리 생활에 꼭 필요한 것들로 무대를 채울 작정이었다. 한길문고 문지영 대표도 상품의 구성을 듣더니 너무 좋다고 했다.

글에 대한 평가를 어떻게 할 것인가. 30년 이상 사랑받아온 한길문고처럼 오래 이어갈 백일장을 준비해야 했다. 글쓰기 대회의 작품 선정 기준을 무엇으로 삼는지 조사했다. 주로 문학성, 독창성, 내용 구성을 평가하고 있었다. 나는 거기에 한 가지를 추가했다. 프로그램의 잡다한 일을 도와주던 남편이 피식 웃으면서 물었다.

"백일장 배점표에 '심사위원 feel'이 왜 들어가? 10점이나 되네."

"문학성, 독창성, 내용 구성은 다 30점씩이야."

"그러니까 왜 들어가냐고? 이상하잖아."

나는 딱 떨어지게 대답을 못했다. 다만, 철쭉꽃에 내려앉아서 꿀을 빠는 벌이나 길가에 굴러 댕기는 돌멩이나 오솔길에 부는 산들바람 같은 게 심사위원의 feel일 것 같았다. 200자 백일장 대회의 재미도 말이 안 되는 이 느낌에서 생길 것 같았다.

선착순 30명으로 못 박고 시작하는 200자 백일장 대회. 프로그램 시작하기 4시간 전에 신청하는 사람이 다섯 명이나 됐다. 한길문고에서 일하면 "안 됩니다!"를 못 한다는 게 단점. 나는 선물을 준비하러 나간 문지영 대표한테 이 위기를 보고했다. 문지영 대표는 괜찮다고, 사람 많으면 더 재밌을 거라고 했다.

(참가해줘서) 고맙습니다 상 : 페리오 치약 170g(총 35개)

(상 받은 김에) 계속 쓰기 바라요 상 : 방울토마토 1팩(총 15개)

(지금 여기에서) 넘버원 상 : 방울토마토 1팩 + 롤 휴지 2개(총 10명)

(계속 쓰면) 곧 작가 되겠어요 상 : 방울토마토 1팩 + 롤 휴지 2개

+ 샴푸 1개(총 5명)

상품을 무대 위에 쌓아놓고 시작했다. 주제는 '엄마'. 사람들이 일제히 생각에 빠져드는 모습을 보는 건 심사위원이 누리는 특혜. 뭉클했다. '엉덩이로 책 읽기 대회' 때는 분위기를 깨려고 유치하게 노트북 자판을 세게 두드리기도 했는데, 사뿐사뿐 걸어서 사진 서너 장만 찍고 가만히 서 있었다.

백일장에 참가한 사람의 절반은 '작가와 함께하는 작은서점 지원사업' 덕분에 알게 된 사이였다. 객관적으로 진행하기 위해 원고지에 이름 대신 번호를 썼다. 완성한 글은 뒤에 앉은 문지영 대표가 걷었다가 한꺼번에 나한테 줬다. 쓰윽, 글을 훑어봤다. 원고지에 하트나 귀여운 캐릭터를 안 그리고 진짜로 글만 썼다. 좀 실망했다. 심사위원 feel은 그런 작은 것에서 움트는데ㅋㅋㅋ.

서른다섯 명의 글을 심사하는 데는 시간이 걸린다. 참가한 사람들이 지루할까 봐 곁가지로 '시 낭독 대회'를 열었다. 각자 좋아하는 시 한 편씩을 준비해왔다. 그냥 온 사람들은 즉석에서 스마트폰으로 시를 검색했다. 자작시를 낭독해서 모두를 웃긴 사람도 있고, 일터에서 10초 만에 퇴근하고 온 한길문고 직원 정민씨도 참가했다.

읽고 나서 내 이야기를 하게 만드는 글은 잘 쓴 글이다. 심사하기 위해 글을 읽으면서 우리 엄마가 보고 싶었다. 산골에서 할부로 책을 사주고, 버스를 몇 번씩 갈아타면서 해수욕장과 대도시의 동물원에 우리 사남매를 데려가준 엄마. 길을 못 찾을까 봐, 인파 속에서 아이들을 잃어버릴까 봐 긴장했던 엄마는 집으로 가는 버스를 타기 직전에 꼭 포장마차에 들러서 소주 한두 잔을 마셨다. 그때 엄마는 겨우 서른서너 살이었다.

두 번째 200자 백일장 대회의 주제는 '선물'. 한길문고에서 열리는 대회는 누구나 상을 받는다고, 부담 없이 막 쓰라고 했지만, 아무도 내 말을 듣지 않았다. 100미터 달리기의 출발선에서 총 소리를 들은 것처럼 온 힘을 다해서 자기 글 속으로 빠져들었다. 아이들은 받고 싶은 선물에 대해서, 어른들은 작은 선물 하나로 세상을 다 얻은 듯 행복했던 순간을 썼다.

내가 글을 심사하는 동안 한길문고 문지영 대표는 잠깐 무대에 올라왔다. 늘 뒤에서 일만 하는 사람이 웬일로 마이크를 잡을까. 나는 하던 일을 멈추고 의아하게 바라봤다.

"늘 한길문고에 찾아와주셔서 고맙습니다."

너무나 평범한 이야기면서 순도 100%의 감사 인사였다. 이 작은 도시도 인터넷이 빵빵 터진다. 서울처럼 오전에 주문한 물건이 오후에 도착하지는 않지만, 하루 이틀 안에 집 앞까지 배달된다. 그런데 시민들은 온라인서점에서 책을 사지 않는다. 주차가 복잡해도 한길문고로 온다. 덕분에 서점이 사라져가는 시대에 한길문고는 30년 넘게 버티고 있다. 시민들에게 뭐라도 보답하고 싶으니까 재미날 것 같은 일을 서점에서 벌인다.

새해가 며칠 남지 않은 12월 27일. 백일장 대회 끝나고도 사람들은 바로 자리를 뜨지 않았다. 캔맥주를 마시고, 컵라면을 먹으면서 어울렸다. 나도 그 속에 끼어서 다들 글을 너무 잘 써서 심사하는 게 힘들었다고 실토했다. 그러니 어떤 이의 이력에 '한길문고 200자 백일장 대회 수상' 경력이 있거들랑 의심하지 마시라.

동네서점이 온라인서점에
밀리지 않기 위해서는

서점 없는 산골에서 자랐다. 내 손으로 사본 것은 학교 앞 점빵에서 파는 학용품과 군것질거리뿐이었다. 면소재지까지 나가야 생필품과 의류를 파는 각종 상회를 구경할 수 있었다. 대성상회는 풍선껌 통 속의 작은 만화책도 침 묻혀서 넘기지 않는 아이를 홀렸다. 빽빽한 문구와 문제집 속에서 빛나던 만화잡지 『보물섬』. 꼴딱! 나는 군침을 삼켰다.

고등학생이 되고서야 서점다운 서점에 가봤다. 광주의 충장로 1가 우체국 옆에 있는 삼복서점. 돌아보면 『나니아 연대기』의 옷장 같은 곳이었다. 때는 제2차 세계대전, 장소는 날마다 독일 공군

의 공습을 받던 런던. 영국 정부는 백만 명 넘는 아이들을 스코틀
랜드와 잉글랜드 북부로 보냈다. 페번시 집안의 사남매도 친척집
으로 가야 했다. 아이들이 그 집에서 우연히 열어본 옷장 문은 다
른 세계로 들어가는 입구였다. 서점은 나한테 그런 존재였다.

한 세계의 문을 열기 위해서는 거금이 필요했다. 떡볶이를 안
사먹고 모은 돈으로는 턱도 없었다. "학교에서 참고서 또 사래." 엄
마와 언니한테 몇 번씩 돈을 타냈다. 영광읍내에서 탄 직행버스가
광주터미널에 도착하면, 화장실도 안 들르고 잽싸게 충장로로 걸
어갔다. 삼복서점 지하로 내려갈 때는 두 주먹을 흔들면서 으흐흐
흐 웃었다.

드넓은 서가를 우아하게 돌아볼 처지는 아니었다. 속으로 책값
을 따졌다. 셈에 약한 편이라서 계산은 계속 틀렸다. 집에 갈 버스
비도 남겨야 하고, 가든백화점 별관에서 돈가스도 먹어야 하는데,
사고 싶은 책이 너무 많았다. 처음에는 이름난 책 위주로 골랐다.
책꽂이에 모셔두고 몇 번씩 읽는 책도, 차라리 쫄면 사먹을 걸 그
랬다고 후회하는 책도 샀다.

군산 한길문고에 첫 발을 디딘 스무 살 때는 나름의 독서 취향
을 갖고 있었다. 문학과지성사에서 나온 시집을 사 모았고, 계간

지 『창작과 비평』을 읽었다. 『나의 서양미술 순례』를 알고 나서는 화집도 샀다. 그 시절에는 원도심에 서점이 몇 곳이나 있었다. 버스나 친구를 기다릴 때, 사람들은 습관적으로 서점에 들어가서 책을 봤다. 초등학생들은 방과 후에 서점에서 죽치다가 집으로 갔다.

"미안한데, 나 좀 늦을 것 같아."

핸드폰이 등장하면서 바로 문자가 왔다. 하염없이 누군가를 기다릴 필요가 없어졌다. 집집마다 인터넷을 개통하고, 컴퓨터에는 각종 쇼핑몰을 즐겨찾기 해두었다. 온라인서점은 소설 『모모』에 나오는 회색신사 같았다. 동네서점에 오가는 시간과 어떤 책을 살까 망설이는 시간은 낭비라는 듯 잘나가는 책을 신속하게 집 앞으로 배달해줬다. 군산의 서점들은 시나브로 문을 닫았고, 70년 넘는 역사를 가진 광주의 삼복서점이 폐업했다는 소식도 들렸다.

나는 우리 동네서점 한길문고에 대고 충성을 맹세하지는 않았다. 다만, 아파트 쓰레기장에서 온라인서점의 책 상자를 볼 때마다 마음이 쓰였다. 100일도 안 된 둘째에게 젖 먹이느라 서점에 못 갈 때도 온라인서점을 클릭하지 않았다. 초등학교 4학년이던 큰애에게 소설 『밀레니엄』 시리즈를 사다달라고 부탁했다. 땡볕 내리쬐는 한낮에 책을 사들고 온 큰애 얼굴은 벌겋게 달아올라 있었다.

한길문고는 2012년 여름에 수해를 겪었다. 오물에 잠겼다가 드러난 10만 권의 책 더미. 그 폐허를 딛고 서점이 다시 일어난 건 기적이었다. 온라인서점에서는 50% 할인, 심지어 90% 할인을 해도 한길문고는 어떻게든 버텼다. 이길 수 없을 것 같은 싸움을 묵묵히 해온 한길문고 문지영 대표는 말했다.

"전국적으로 서점 없는 동네들이 많아졌어. 그런데 2014년에 도서정가제가 강화 시행되고 나서는 동네서점도 해볼 만하게 된 거야. 온라인서점하고 책값이 크게 차이 안 나니까 독자들은 동네서점으로 오시잖아. 지금처럼 도서정가제 하고 나서는 특색을 가진 동네서점이 전국에 엄청나게 늘었어. 군산도 월명동에 '마리서사', 독립책방 '카페미원동조용한홍분색'이 생겼고, '그림책앤'처럼 취향을 반영한 서점이 문을 열었잖아."

작가들의 사정도 나아졌다. 2014년부터 현행과 같은 도서정가제가 시행되면서 출판의 세계는 다양해졌다. 몇 권이나 팔릴지 가늠할 수 없는 무명작가도 출판사와 계약했다. '이런 이야기도 책이 될까?' 어떤 작가들은 직접 책을 쓰고 출판사를 차려서 독립책방에 입고했다. 책마다 있는 고유한 매력을 알아봐주는 동네서점이 늘어났고, 작은 출판사도 대형 출판사 옆에서 버틸 수 있게 됐다.

도시에 오래된 서점이 있다는 건 이제 특별한 일이다. 어떤 이에게 동네서점은 어릴 때의 꿈을 찾아가는 통로다. 아이들 손을 잡고 오는 부모들에게 서점은 서로의 취향을 알아가는 공간이다. 중고등학생들에게 서점은 학원 가기 전에 와서 엎드려 잘 수 있는 휴식처다. 아날로그 시대처럼, 사람들은 여전히 동네서점에서 자기 이야기를 만들고 있다.

"한길문고는 작가님들과 만나 불금을 보낸 축제의 현장이고, 에세이 쓰기와 북클럽을 하며 뜨거워졌던 열정의 공간, 아이들에게는 첫 시급을 받았던 행사장이자 문화센터예요."

혼자서, 때로는 세 아이와 함께 서점에 다니는 박효영씨가 말했다. 문화살롱 같은 한길문고가 있으니까 사람들은 고단한 일상 속에서도 풍요를 누리고 있다. 사람들에게 책이라는 상품 말고도 색다른 무언가를 주는 한길문고는 어려운 고비를 여러 번 넘어왔다. 그때마다 유연하게 설 수 있도록 붙잡아준 버팀목들이 있었다. 그중 하나는 도서정가제다. 확실하다.

마지막까지 읽고 쓰는 사람으로
남겠지요

후회하는 사람들은 티가 났다. 나는 상주작가로 일하는 한길문고에서 그런 사람들을 목격했다. 글을 쓰고 싶었지만, 여러 가지 사정 때문에 끝내 다른 길로 와버린 사람들. 자기 이야기를 쓴 책들 앞에서 더 오래 머물렀다. 해보고 싶었는데 하지 못해서 생기는 후회는 뒤끝이 기니까. 환절기 감기처럼 때가 되면 찾아오니까.

"내 이름으로 쓴 책을 출간하는 게 소원이에요"라는 바람을 모른 척하기 어려웠다. 그래서 시작한 게 '한길문고 에세이 쓰기'다. 포기하지 않고 쓰면 글은 갈수록 진솔하고 문장은 깔끔해진다. 1년도 안 돼서 에세이 쓰기 회원들 글은 오마이뉴스, 브런치, 월간지에 실렸다. 좋은 글이라고. 다음 이야기가 궁금하다는 독자들의 댓글을 보며 덩달아 나도 행복했다.

'옛날에 책 좀 읽은 사람들'도 한길문고로 불러 모았다. 아이들 키우느라, 직장에 다니느라, 노안이 오는 바람에 멈춘 독서를 '한길문고 북클럽'으로 시작했다. 한 달에 두 번, 에세이와 소설을 읽고 와서 이야기를 나누었다. "이 책 쓴 작가님은 한번 만나보고 싶네요. 어떻게 이런 생각을 했지?" 나는 그 말을 흘려듣지 않았다. 책을 들고 단체로 찍은 인증 사진을 작가에게 보내고는 군산에 와줄 수 있느냐는 섭외 전화를 걸었다.

몸은 거절당하기 직전의 분위기를 감지한다. "어려울 것 같아요"라는 말을 들으면 바로 움츠러든다. 그래서 유명한 작가에게, 그것도 어디에 있는지도 모르는 군산의 동네서점에 와달라는 섭외 전화를 할 때마다 조마조마했다. 전학 간 중학교에서 낯을 익히는 중인데 선배가 "점심시간에 화장실 뒤로 와!"라고 했을 때처럼 쫄렸다.

"작은서점 강연회에 오시는 분들은 책을 즐겨 읽고, 글을 쓰고, 언젠가는 책을 내고 싶어 하는 분들이에요. 상주작가인 저는 그분들한테 선물하는 마음으로 이 강연을 기획했고요. 저희가 작가님 책 중에서 미리 읽었으면 하는 책도 추천해주세요."

　군산에 강연 와서 하루 이틀 묵어가는 작가들도 있었다. 『나의 아름다운 정원』과 『설이』를 쓴 심윤경 작가는 원도심에 숙소를 예약했다. 여행하는 기분을 만끽하려고 느린 기차를 타고 왔다. 군산 동네서점에 관심을 갖고는 '상주작가의 서점 에세이'도 읽은 모양이었다. 글에 나온, '『그리스인 조르바』를 읽는 택시 기사' 이중근씨를 한눈에 알아봤다. 그날 이중근씨는 생각지도 못한 선물을 받은 아이처럼 기뻐했다.

　서점은 상품을 사고파는 곳. 그러나 군산의 동네서점은 상점 이상이었다. 같은 취향을 가진 사람들이 한데 모이면서 길을 만들어갔다. 10대 시절의 꿈을 되살린 이복희씨는 한국문인협회의 시인이 되었다. 막연히 꿈꾸던 문학의 세계를 노년에야 만난 이숙자씨는 브런치와 오마이뉴스에 글을 쓰면서 삶의 보물을 찾은 것 같다고 했다.
　암 투병 중인 친정어머니를 돌보고, 일을 하면서 글을 쓰는 황금련씨는 한길문고의 단골이 되었다. 주변 사람들에게 "책 언제 나와?"라는 질문을 받는다고 한다. 사람들은 서점 행사도 황금련씨에게 묻는단다. 때로는 혼자, 때로는 유치원생 아들과 초등생 딸 둘이랑 서점 행사에 빠지지 않고 오는 박효영씨는 말했다.

"짜장도 좋고, 짬뽕도 좋은 저란 사람. 저도 몰랐던 취향을 알게 되고, 그 시간을 선택하고, 마음껏 즐기며 꿈꿨습니다. 책에서 읽고 강연에서 들은 것을 서로 나누며, 쓰는 사람으로 지낸 시간들에 감사합니다. 더욱 취향을 존중하고 유지하며 살아보겠습니다."

에세이 쓰기 회원들은 책을 서로 추천했다. 『내 하루도 에세이가 될까요?』를 읽은 배현혜씨는 "쓰고 읽는 것이 쌓이면 내 감정을 남에게 맡기지 않게 되고"에 대해 이야기했다. 글을 쓰면서 다른 사람의 감정 기복에 덜 휩쓸리고, '자기 안에서 쏟아져 나오는 이야기를 쓸 때 느끼는 쾌감'을 알게 되어서 계속 쓴다고 했다.

세 딸을 기르면서 읽는 일을 게을리하지 않는 이윤주씨에게 책을 쓴 작가는 연예인. 빛나는 별과 같은 작가들을 동네서점에서 스무 번도 더 만난 이윤주씨는 항상 처음 같았다. 책 표지로만 본 작가의 실물을 보고, 이야기를 듣고, 사인을 받고, 사진을 찍는 건 신기한 경험이라면서 해맑게 웃었다.

부모님 장례를 치르고 참여한 작가 강연회 때, 울음과 눈물이 동시에 터져서 곤란해했던 문미숙씨는 어떻게든 동네서점에 오려고 애를 썼다. 직장 생활한 지 20년 넘었으니까 당당하게 반차를 내자는 쪽으로 결심을 굳히고 서점에 오고 있다. 가야 할 길을 제대로 알게 됐다면서 '나는 글 쓰는 사람, 고급 독자가 되고 싶다'는 정체성을 드러냈다.

나는 한길문고 문지영 대표한테 배운 대로 고속버스터미널로 작가 마중을 나간다. 점심시간이 겹치니까 밥도 같이 먹는다. 서울에서 오신 남상순 작가는 이 태도를 '오직 책에 대한 사랑에서 나온 선의'라고 했다. 동네서점에 강연회를 들으러 온 독자들을 보고는 '문학이 죽지 않고 살아서 제대로 기능하는 곳'이라는 느낌을 받았다고 했다.

"예스트서점과 우리문고에 모인 사람들은 각각 10여 명가량이었다. 군산에서의 책 읽는 분위기는 분명히 내가 어렸을 때 책을 경외시하고 갈망하던 그 분위기와 닮아 있었다. 무조건 기분 좋고 희망적이며 사람 마음을 따뜻하게 감싸주는 사랑이라고 할 수 있다. 군산의 독서 분위기는 계속되어야 하며 다른 지역으로 확산되었으면 좋겠다는 생각을 했다."

읽고 쓰는 사람들 덕분에 서점도 활력을 얻었다. 예스트서점은 주로 참고서를 팔아 월세를 냈다고 한다. 서점이라는 명맥을 유지할 수 있는 단행본 판매는 부업에 가까운 서점이었다고 한다. 대기업인 현대중공업과 GM대우가 떠나면서 서점의 매출은 확 줄었다.

예스트서점 이상모 대표는 작가와 함께하는 작은서점 지원사업 백서에 이렇게 썼다.

서점 밥 20여 년 만에 처음으로 작가 초청 강연회라는 것을 해봤다. 서점이 책만 파는 공간이 아닌 동네 사랑방도 되고, 초보 글쟁이들의 토론장이 되고, 선배 글쟁이들과 만남의 공간이 돼야 한다는, 어쩌면 지금까지 내 마음속에만 존재했던 책방을, 이제는 실제 만들 수도 있다는 희망을 갖게 되었다.

우리는 시도 때도 없이 동네서점에 모였다. 200자 백일장 대회, 엉덩이로 책 읽기 대회, 시 낭송 대회 등을 했다. 청혼하는 게 아닌데도, 『섬에 있는 서점』의 주인공처럼 "내가 읽은 책을 당신도 같이 읽기를 원합니다. 나는 당신이 그 책에 대해서 어떻게 생각하는지 알고 싶습니다"를 기억하며 같이 읽었다.

2월 29일. 서점에 상주하는 작가에게는 월급을, 동네서점에는 작가 강연료와 대관료를 지원해주는 작가와 함께하는 작은서점 지원사업은 끝난다. "우리, 이렇게 헤어지는 거예요?" 다음을 기약할 수 없는 끝에 다다르니까 담대해 보이는 사람들마저 반신반의한다. 그러나 동네서점을 사랑하는 독자들은 쏟아지는 눈물을 닦고 다시 단정하게 책상 앞에 앉을 것이다. 마지막의 마지막까지 읽고 쓰는 사람으로 남을 거라고 생각한다.

군산 동네서점에서 '읽는 나'와 '쓰는 나'를 발견한 사람들.

영국 여행기를 완성한 김유림씨, 외국인 노동자들 말을 너무나
도 잘 알아듣는 이수영씨, 동화를 써서 등단한 이은미씨, 쌍둥이
손주들을 돌보면서 글을 쓰는 지연임씨, 월간지에 글이 몇 번이나
실린 박모니카씨, "나도 글 쓰는 여자야"라고 당당히 말하고 싶은
서경숙씨, '세바시' 섭외 전화를 기다리는 김준정씨, 일관되게 모범
적으로 글을 쓰는 신은경씨, 재테크 과정을 생생하게 쓰는 박태정
씨, 일상의 소중함을 쓰는 김성희씨, 개성 넘치는 두 아들과 캠핑
다니는 유은미씨, 사랑하는 남편과 삶을 잘 꾸려가는 이순화씨,
카페 이야기를 써서 사랑과 악플을 동시에 받은 이현웅씨, 학교
졸업하고도 늘 공부하는 김완순씨, 그림책을 공부하고 '그림책앤'
을 연 이지연씨, 단 한 편의 글로 사람들을 울린 강윤희씨, 노년의
아름다운 삶을 보여준 이숙자씨, 등단을 해서 그토록 원하던 시인
이 된 이복희씨, 울고 웃는 걸 동시에 잘하는 문미숙씨, 이제 군산
사람 다 된 배현혜씨, 해루질의 세계를 알려준 오은희씨, 사춘기
세 딸을 '모시고' 와서 서점을 빛내준 이윤주씨, 괜히 의지하게 되
는 무결석 박효영씨, 특별한 엄마 이야기를 들려주는 황금련씨, 한
방에 브런치 작가 합격한 전은덕씨, 친구 따라 서점 와서 책을 좋

아하게 된 고숙경씨.

　언젠가 탑처럼 쌓여 있는 여러분의 책을 서점에서 사고 싶습니
다.

에필로그

2020년 5월, 나는 다시 '작가와 함께하는 작은서점 지원사업' 한길문고 상주작가가 되었다. 물건일 뿐인 책이 사람들 마음으로 스며드는 현장에서 일하고 있다. 읽고 쓰는 사람들은 내 출근을 당신들이 4대 보험 되는 직장에 취직한 것처럼 기뻐했다.

어느 날은 당장이라도 대작을 쓸 것 같은 사람들, 어느 날은 내가 감히 출간 작가가 될 수 있겠느냐고 주저앉는 사람들이 품고 있는 꿈은 하나다. '내 책을 펴내고 싶다.' 시 때 없이 튀어나오는, 뒤끝이 긴 그 꿈을 꼭 먼 훗날에 이루어야 할까. 앞당길 수 있는 방법도 있을 것 같은데.

이미 서점에 와서 작가 강연회를 듣고, 책을 읽고, 글을 쓰는 사람들은 블로그와 글쓰기 플랫폼 브런치, 월간지, 오마이뉴스에 글을 보내고 있다. 어느새 책 한 권 분량의 원고를 쓴 사람도 있다. 한 달에 두 번씩 꾸준히 쓴 글을 합치면, 다들 문고판 책을 펴낼 정도는 됐다.

꿈은 때가 됐다고 이루어지지 않는다. 그 꿈을 꾼 사람이 가꾸고 열매 맺어야 한다. 나는 스물한 명이 원고 마감을 정해서 활동하는 메신저 단체방에 글을 올렸다. 독립출판으로 각자 책을 내면 어떻겠느냐고 물었더니 댓글이 달렸다.

"목표가 생기면 뭐라도 계속 쓰게 될 것 같아요. 덥썩!"

"꿈이라면 깨고 싶지 않네요."

"기분은 벌써 책 나온 거 같아요. 최고의 동기 부여가 됩니다."

첫 번째로 할 일은 책의 주제와 목차 정하기였다. 생전 처음 가는 곳을 길 찾기 앱으로 미리 확인하는 것과 비슷한 과정이었다. 쓰다가 바뀌더라도 필요한 작업이었다. 첫 해외 자유여행, 어머니, 텃밭, 몽골, 그림책, 중년의 일상, 주방 표류기, 경제 자립, 노년의 삶, 카페 이야기 등 각자의 관심 분야를 10편에서 15편 정도까지 쓰기로 했다.

며칠 동안이나 출간의 기쁨과 부담 사이를 오가던 사람들은 열한 명에서 열다섯 명으로 늘었다가 열세 명으로 줄어들었다. 출간

작가가 되겠다고 마음먹은 사람들은 '내 글에 날개를 달다'라는 출판 기념 포스터에 넣을 실명과 필명 사이에서 또 고민했다.

선거에 내건 공약은 아니어도 반드시 지인이 지어준 필명을 써야 한다는 사람, 세례명으로 불리는 게 익숙하다는 사람, 필명과 실명 사이에서 고민하다가 결국 아이들의 의견에 따라서 실명으로 돌아온 사람 등의 사연을 다 들어주고 있었다. 출판 기념 포스터에 들어가는 이름을 고치는 데도 사나흘 걸렸다.

그때 마침 내 눈에 들어온 문장은 『못 가본 길이 더 아름답다』의 서문에 있었다. 박완서 작가가 여든 살이던 2010년에 낸 산문집이었다.

또 책을 낼 수 있게 되어 기쁘다. 내 자식들과 손자들에게도 뽐내고 싶다. 그 애들도 나를 자랑스러워했으면 참 좋겠다. 아직도 글을 쓸 수 있는 기력이 있어서 행복하다.

사람들이 책을 펴내는 동안에 고통보다는 행복을 자주 느끼기 바랐다. 며칠 내내 공들여 쓴 글이 아무것도 아닌 것처럼 보일 때도 포기하지 않기를 바랐다. 스스로를 치켜세우고, 동료를 토닥이면서 끝까지 쓰기 바랐다.

나는 서울에서 독립출판 과정에 참여하고 『여행기 아니고 생활기예요』를 펴낸 권나윤 작가에게 커리큘럼이 어떠했나를 알아봤다. 총 6강 중 2강은 콘텐츠 구성과 책 내용 정하는 것. 나머지 4강은 인디자인과 조판, 인쇄와 종이의 종류, 샘플 책 만들기, 책방 입고하기 등을 배우는 과정이었다. 출판사에서 만들어준 책만 펴낸 내가 모르는 영역이었다.

지난 2월에 서점에서 만난 황보윤 작가는 다양한 출판물을 보여줬다. 아이들 문집, 모녀의 대화록, 젊은이들의 여행기 등은 저마다의 개성으로 빛나고 있었다. 그 책들 중에서 몇 권을 만든 출판사와 그 책을 판매하는 독립책방은 군산에 있다. 당장 도서출판 진포 류인상 대표에게 전화를 걸었다.

표지와 본문 디자인을 흑백으로 편집하는 데 10만 원, 책 30권을 인쇄하고 제본하는 데 넉넉잡아 20만 원, 다 해서 30만 원 든다고 했다. 사진이나 그림을 넣고 부수를 늘리고 싶으면 추가 비용을 부담하면 된다. 기술이 없으니까 전문가한테 기대고, 우리는 글만 잘 쓰면 되는 일이었다.

출간된 책은 한길문고에서 '군산 작가 특집'으로 판매대를 따로 만들어주기로 했다. 원고의 중간 마감은 7월 27일, 완전 마감은 9월 15일로 정했다. 교정과 교열을 함께 보고, 10월의 마지막 밤에 출판기념회를 하는 일정이다. 독립출판하고 나서 원고를 다듬고 늘려서 출판사에 투고할 수도 있겠다.

자기 책의 목차를 정해서 처음으로 함께 모인 날. 한 달에 두 번씩 하는 에세이 수업 시간처럼 나만 혼자서 말하고 있었다. 편집자를 해본 적 없는 나는 아주 낮은 수준의 가이드 노릇만 할 수 있는데… 또 그 과도한 업무를 맡을 능력도 없는데… 모두 반짝이는 눈으로 나만 바라보는 기분이 들었다. 짐을 가득 지고 혼자 걸는 것 같았다.

다음 날, 메신저 단체방에 올라온 배현혜씨의 글이 유난히 마음에 들어왔다.

저는 그냥 내 글을 쓰려고요. (김훈 ― 나의 글은 다만 글이기를 바랄 뿐. 아무것도 도모하지 않고 당신들의 긍정을 기다리지 않는다.) 막연하고, 괜한 일 시작했나 무서웠는데 어제 기획회의하면서 오히려 의욕이 생겼어요. 새 글의 구상이 내내 머릿속에서 떠나지 않지만 즐기려고요. 선생님들도 함께 힘내서 결과를 봅시다요~^^

누구도 대신해줄 수 없는, 너무나 혼자만의 글쓰기를 척척 해온 사람들이다. 길게는 1년 반, 짧게는 1년 동안 글을 써온 사람들이다. 여태까지 해온 것처럼 자신을 믿고, 서로를 의지하면서 갈 수 있었는데, 나 혼자 겁을 먹고 괜한 걱정을 한 거였다.

모든 이야기가 그러하듯 고난이 닥쳐왔다. 코로나19로 유치원과

학교에 못 가는 아이들을 끊임없이 돌봐야 하고, 직장에서는 비대면 업무를 고민해야 하고, 운영하는 카페와 학원과 상점은 어려워졌다. 한 번도 겪어보지 못한 일을 처리하며 애쓰는 중에도 시간은 정확하게 흘렀다. 독립출판하자고 정한 날이 다가오고 있다.

이 일은 한길문고라는 동네서점이 있어서 가능했다. 그 뒤에는 30년 넘게 서점을 사랑해준 군산시민들이 있다. 작가는 어느 날 갑자기 하늘에서 뚝 떨어지지 않고 군산 사람들 중에서 탄생하는 거다. 알고 보면 서로가 서로를 뒷바라지해주는 셈이다.

꺼내지 못하고 묻어둔 꿈이 세상 밖으로 나오는 10월의 마지막 밤. 자기 이름이 박힌 첫 책을 들고 있는 작가들의 얼굴을 그려본다. 우리 엄마라고, 우리 할머니라고, 우리 아빠라고, 내 아내라고, 내 남편이라고 자랑스러워할 식구들도 떠오른다. 감격적인 현장에 나도 함께할 수 있어서 기쁘다.